胭+砚
project

我爱问连岳 5

连岳 著

東方出版中心

再版序言

再版这套书，两个原因。

一是不停有读者询问。这对作者来说，当然受宠若惊，10多年前开始出的书，仍然有人想看，我有责任不让读者只能淘二手书，或者买那些来历可疑的版本。

二是《我爱问连岳》系列恢复新书出版，再版之前的旧书也有必要，整个体系才完整。

所以，有这套我重新编辑的《我爱问连岳》(1至5)。

想到自己无意当中开始记录这个时代的爱，还是挺开心的，它值得我继续。

祝你阅读开心。

连岳

目录

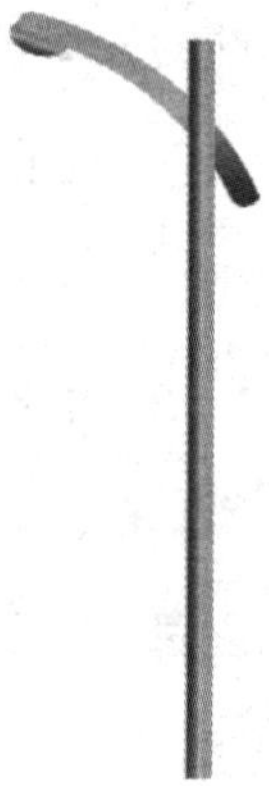

只要不抛弃爱，
你就是一个可爱的人

连岳：

你好。

我，学历普通，外表平庸，没有背景，也没有能力挣很多钱（我是个小警察）。工作性质的原因，我经常会和很多人打交道（我至今认为世界上最难的事情就是与人相处），所以要不断克服那种不自在去适应环境。我希望别人在我这里不要感觉被冷落、被厌弃，可以放松一点，所以我要求自己要对别人宽容，要多体谅。我希望自己也可以这样被对待。

我父亲是个缺乏责任感的自私的人，母亲因为父亲不能满足自己的虚荣心（我个人通过十几年观察得出），变得急躁专横而经常拿我出气。母亲不断明示暗示，我是个负担（因为我没有办法为她争光），并且经常打骂我（不顾有没有旁人在场，即便在我成年以后，这样的羞辱还是经常出现）。虽然我逐渐学会顶撞和反抗，其实心里还是很害怕，害怕被人厌弃，所以我希

望通过不断地学习和努力让自己进化成更好的人。我相信只有自己变得更好，才可以享受更好的人生。可是我还是很胆小。

年中我工作调动。在新单位，我喜欢上了一个同事。以往我都是凭着一股脑的冲动表白，勉强地进行着一个人的感情生活，所以这次我决定放慢脚步，看看这究竟是不是真正的爱情。从一开始的心跳加速，到中途的熟视无睹，到后来的反复质疑，我渐渐不清楚自己的感觉了。于是我休假，到几千里之外旅行。回来，这位目标已经开始了新恋情。我承认自己有过很多算计，比方说，一个单位的同事如果最后不能在一起有多么尴尬，他会不会嫌弃我是个穷鬼，我不想结婚（父母糟糕的关系让我对婚姻有一种厌恶）也不想要小孩（我没有信心可以做一个好妈妈，至少现在是这样）的想法会不会因为热烈的爱情而改变，但是我通通没有说出来。前天我知道他恋爱了，顿时觉得脑袋嗡嗡乱响，在痛苦了12小时以后，我发消息给他说，我喜欢他。他没有回复，于是我打了电话。结果还是不可以。我问他，你是因为有女朋友而拒绝我还是因为不喜欢而拒绝我，他的回答是我不是他喜欢的类型。我只能理解为他不喜欢我。可是我在几个月的相处中明明感觉他对我有意思。这只能说明我又错了。其实我不说出来我的喜欢也可以，但是我不想这样。我想让我的感情有始有终。

爱情是两个人的事，爱却只是我一个人的事。只要不伤害他人，我想怎样爱都可以吧。我从来没有谈过恋爱，爱过别人，却从没有得到开心的回应。我一次又一次地难过，一次又一次地成长。我表现给所有人的都是轻松愉快，我想即使是拒绝我的人也不希望看见我灰头土脸的样子。事实上，我确实可以在或长或短的时间里恢复元气。

我不喜欢用流行的标准衡量自己的生活，比方说到这个年纪还不恋爱，还不想办法买房，还不努力向上走。我只想自己进化。我学着知行合一，学着用美丑的标准而不是有利还是无利的标准做事，学着一点点地褪掉自己糟糕的品性。

我的朋友把每一期《上海壹周》里有“爱问”的那页存起来，隔一段时间就快递给我（我在离上海和厦门都很远的地方生活）。Rain、春风不相识、那个理解爱的人、那个在食品营养大全的空白后页写信给你的人，都在很多个夜里，通过你，鼓励过我。真好啊，我也不是一个人在战斗呢。我会这样想。有时候看着看着就掉眼泪了。

王小波先生说，因为有些东西是好的，所以应该去了解和体会。爱情是美好的，真心是美好的，宽容是美好的，心怀希望是美好的。我贪心地希望自己可以拥有这一切，但是不得其法，因为我还是一个人，没有出现一个爱我就像我爱他一样多的爱人。失败很多次就开始怀疑：自己坚持的东西是不是正确？我想不清楚。

我一整天都在想，如果我永远都没有遇到有回应的爱，会不会痛苦得要死掉？也许那个时候已经老得没有气力决定自己的生死。我不够坚强，更不够勇敢，所以伤心总是难免的。但是我想自己越来越有力量，可以不受要挟，可以做有用的人，但是现实总是提醒我：你做得不好。我想继续努力，现在却有点沮丧。朋友说，永不熄灭爱火，受了伤再偷偷好起来，这是普世真理。我想是的。

昨天咬牙坚持去练合气道。运动或许可以让我恢复得快一点。我要争取新年伊始，如果运气好的话，甚至是圣诞节，考过初段。

爱正良

爱正良:

把这当成新年的第一封信吧。但愿你运气好，已经过了合气道初段。也愿所有人新年运气好。

虽然有不少警察的邮件，没记错的话，应该是第一次回答警察的邮件。这会出乎许多人预料，因为警察代表的是坚硬，制服之下有武器，而爱情柔软得像是枪口上的玫瑰，气场不合啊。这当然是误解，谁都会碰上爱情的，一个人的心灵若能产生爱情，那么，她就像一棵松树变成了圣诞树，不止挂满了礼物，还在寒冷的冬天闪烁着温暖的光芒。

可惜很多人的心灵关闭了“爱”这个选项。所以他们像冰箱一样，指示灯亮着，心脏也像压缩机一样运作，可一打开门，寒气就扑面而来。他们和冰箱不同的是，你无法在里面存雪糕和啤酒，只会感觉到冷。

我们要做的，是不让这开关给别人关了。我则想更进一步，希望能打开更多人心里爱的开关。

首先，向小偷学习。无论一个小偷多么成功，他也不会回家教小孩偷东西，而是指望孩子长大后能从事更体面一点的职业——甚至是当警察。这样的小偷知道有希望才有一切，不能因为自己是小偷就认为只有当小偷才是出路。而有人在爱情上稍有挫败，就发誓再也不相信爱情，结果疑人偷斧，将他人的爱意全理解成不怀好意的算计。他人看出这种小气，摇摇头叹口气离开，又让他更不相信爱情，在这种负反馈里自怨自艾、自我放逐，永无出头之日。

作为一个写多种专栏的人，我不停地保证，如果在Twitter、时评与情感专栏里只能留一种，涉及其他领域马上拖出斩首，我一定会选情感，爱才是我爱的主题。其实爱是唯一根本的主题。

在我看来，一个爱着一个人的人，两个相爱的人，在任何冷酷的环境里，他都是一个温暖的人，他不需要别人的怜悯、施舍及救援，他能温暖自己，也许只是小小的泉眼，却是温泉；也许微小如萤火虫，如你所知，它却能照亮自己的飞行路线。这样的人，在恋爱之外，还会是个好警察，会是个好批评家，会是个好商人，会是个好官员，会是个好示威者，他会通过爱自己而爱他人。

可是一个不会爱的人，无论他的屁股坐在左边还是右边，无论是看起来是 IN 还是 OUT，无论在哪一个阵营，就算是脸上用金粉纹着“爱心正义良知”，他也只能看到恨，恨对手、恨朋友、恨异性、恨一切可恨与可爱之事，像个撒泼的孩子打翻一切。

爱让我们马上改变自己，不要等到世界改变，不要等到神的应许，不要等到美好的体制，只要我们是一个有爱的人，在这阴郁的冬天，仍然可以约会，仍然可以吻他，更可以相拥取暖。

你的第一次表白也许没有回应，你的爱情和想法也许与他人不同，但是只要不抛弃爱，你就是一个可爱的人。

祝开心。

连岳

2010年1月5日

爱情宪法

连兄：

你好！

在床上躺着翻来覆去睡不着，因为我着实有一种说不出来的焦虑感。本来我想就此问询我的同学，因为我对她非常熟悉，我怕我等到的答案缺乏新鲜感，转念便想到你曾经为各类人士传道解惑，故修此书，盼复！

我生于 1983 年初，正所谓大龄未婚女青年，与诸多同龄女性不同之处在于我对谈恋爱结婚甚无兴趣（我也不是 lesbian）。我认为谈恋爱会转移我在读书上面的注意力，且恋爱中的人多多少少会失去某种程度上的理智，何况我根本没时间也没有机会谈恋爱。

我从事一份比较乏味的工作，每天 8 小时，这真是占用了我大量的时间，但是为了养活自己我只能这样。在剩下的时间里我都分配得井井有条，每天班车来回共 2 小时，一半时间用来看小说，一半时间用来打盹弥补晚上睡眠不足。晚上有 4

个小时属于自己，3 个小时学习、看书或上网看些信息，1 个小时处理琐事。我阅读各种各样的书籍，可是我记忆力不大好，记得住的不多，有时候我会拿本子抄下书里面精彩的章句，但是仍然记不住。我忘了从哪里看来的一句话：人生在 30 岁之前要尽可能多地看书。我非常迷信这句话，因此我在我的容忍范围内多多阅读。我还开始学习外语了，我的目标是除英语外学习阿拉伯语以及一门亚洲语言、一门欧洲语言，也许可以消除我自小以来因孤陋寡闻造成的对这些异族的偏见。还有我能肯定的是我 30 岁之前一定要去读我本专业的博士，也有人劝我去读个文科类的博士，我想我根本不是那块料，还是待在实验室里比较符合我的性格（我内心还是对读文科充满向往的）。

对不恋爱、读博之类的举动，不明真相的亲友们常常规劝我找个有钱的男人嫁了，这种言论对我不构成任何压力，我从不考虑。男房东见我从没带过男人回家，也很少逛街，就是天天待在昏暗的台灯下东看西看的，大为惊讶。有次吃饭时他委婉地表达了对我的看法：因为生理欲望无法满足而有一定程度的心理变态。我几乎喷饭，我还是礼貌地告诉他我几乎没有这种欲望，至于我的行为是否变态，我不是心理医生，不敢肯定。

但是，有时候我仍然会觉得怅然若失，我不

知道在未来某个时刻我会不会突然崩溃放弃这一切，我想，即使我能学到这些所有的知识，能掌握我想学的外语，拿到我的学位，这又有什么意义？充其量我也只是实现了自己的目标罢了。也许我年龄和阅历还不足够多得让我知道这些背后的是什么。《传道书》上说：虚空的虚空，凡事都是虚空。我想问问你的看法。

还有，我对结婚真的充满恐惧，尤其对女性来说，结婚可能意味着比男性失去更多自我，得到更充盈的感情（从我那些生了孩子的女同学来看，她们充满了母性）。我不知道我什么时候能结婚，但是我结婚的那天，我恐怕也要像菲谢尔森博士那样叹道："神圣的斯宾诺莎啊，宽恕我吧。我变成一个傻瓜啦！"（《傻瓜吉姆佩尔》）真的有那么恐怖么？

多谢你看了我叨叨叨这么长久。文法不通或有错误之处，还请包容则个。祝安！

德蓝

德蓝:

为了应和那句你着迷的话“人生在 30 岁之前要尽可能多地看书”,我也来一句吧:人生在 30 岁之前要尽可能多恋爱。算一算,你 27岁,这三年要加油。半年谈一次恋爱,也只能将男友数锁定在六。

这是不是说“人生在 30 岁之前要尽可能多地看书”错了呢?在我看来,它是错了,不过没错在不让人谈恋爱,而应该是时间范畴错了,应该是“人在死之前要尽可能多地看书”,知识社会嘛,势利一点说,三天不读书,就找不到一个高端一点的工作;文艺一点说,那么多好玩的观点与创造,错过不读太可惜,人生的宽广度主要取决于想象力与创造力能走多远。

别说读闲书了,专业书要读好,许多人都得压到 30 岁。所以有人问这是不是对女性不公平?我的答案是:这确实对女性不公平,同样差不多把教育完成。男人 30 多岁,找个 20 岁的小姑娘,难度一点不大;女人 30 多岁,找个 20 来岁的小弟弟,难度系数高达 9,就像在一米板向前翻转 360 度入水——你觉得难度不大?忘了告诉你,这位跳水选手名字叫作姚明。

这种不公平显然解决不了,除非女性愿意放弃教育权与独立权,可这样做,就更不公平了。

但是——

人生不是课程表，上完阅读课，再上爱情课；过完30岁生日，才开始发春梦。尽可能多读书与尽可能多恋爱是可以一起做的，而且让我告诉你一个秘密，恋爱的时候读书的效率更高。

如果从 18 岁开始恋爱，那么即使受完教育时 30 岁了，也有 12 年的恋爱经验，说不定马上就可以结婚了。就算不想嫁人，自己在感情上也不会一片空白以至于觉得爱是可怕的事情。

真的想爱，它可以与人的一切完美融合。从来没有纯粹的“爱情时间”，在恋爱时，两个人总是在一起吃饭、一起散步、一起看《阿凡达》、一起喝点酒、一起抽根事后烟，当然，也可以一起读点书。

爱不影响你做任何事，你为什么要害怕它影响你读书呢？比如你吃菠菜，是先吃菠菜，然后才吃点盐？你吃饭，是吃点米，再喝点水，然后再钻进微波炉？稍通烹饪与饮食的人一定是将各要素混合至恰到好处再吞下。

你学阿拉伯语时，为什么不能找个阿拉伯帅哥当老师呢？然后与他恋爱。这样可以省下学费；当然，我的意思是指爱情与学习两不误，甚至还很经济。说不定他家还有几口油井，这样连“有钱男人”这个观众要求也满足了。爱情，就是可以这么身段柔软、雅俗共赏。

千万不能把爱情当敌人——像我们高中老师说的那样——要把爱情当成自己身上的一根肋骨，它能参与我们的一切活动，它是我们的一部分，你以后看到任何劝人精进的格言，在着迷之前，都要先复述一下爱情宪法，只有两条，很简单：

1. 任何信条都应与爱兼容。

2. 任何信条与爱起冲突时，以第一条为准。

祝开心。

连岳

2010年1月12日

姚明不该打篮球？

连岳：

又写给你了！

夜深人静的时候真的会特别神经衰弱！前天还在跟你讲七年前的故事，今天又想跟你说点现实的了！今天和男朋友正式分居了，不是分手，只是不要住在一起而已！是我提出来的，理由是怕我爸知道了，当然还有一部分就是我真的不想再住在一起了！原来的心动和甜蜜早就不见了，生活的琐碎，让我们很容易就能争吵起来！我讨厌这样的环境！我家境比较好，他很一般，所以从一开始闺蜜就反对！到底是没进入社会，那时我总觉得我要的就是我们自己的小幸福，不要他多有成就，只要有整天的时间陪我，每个月我们都把工资花到一分不剩，陪我看电影，游山玩水，在乎我的每一个小快乐和小忧伤！

可是，原来这样的爱情真的只有米莱才配有！记得我的瑜伽教练曾经很意味深长地跟我说过“真爱不是两个人的世界”，现在总算是有点体会了！我以前觉得你家境不好我真的一点儿都不在乎，所有的生活方式到最后不都是归于平淡的嘛！我讨厌那种没有人情味的生活，除了物质，你应该可以享受生活更多的东西！我爸妈在我很小的时候就离异了，都很有钱，可是从来没有一个人真正在乎过我，我很多时候都生活得很不快乐！刚开始交往的时候，是甜蜜的，我会很主动地承担一些经济责任，更不会要求他什么，毕业了，留在了同一个城市工作，自然而然地住在了一起！

生活了，柴米油盐的琐事就都来了，可能是从小到大的生活环境不一样，导致我们在很多地方想法都很不一样，他会觉得我比较浪费，生活品质要求太高，就比如说我妈给我买个一千多的鞋子，他也会很风凉地说一些不好听的话，每次我们一起逛街，我遇到喜欢的东西，他都总是会把它们说得一无是处！我真的都快听得烦死了，我没有要求你给我买，也根本从来没这个想法，因为我觉得女孩子首先应该经济独立才可能会有自己的生活，可是，你也不用这样啊！我真的不知道他是怎么想的！

以前他还会比较愧疚地跟我说，他现在没有能力给我什么，现在我觉得他有点习以为常了，很多时候甚至都会要求我给他买单！他总是对周遭的一切都挑三拣四的，连岳，我真的对他很无语了，你现在的经济能力就决定了你只能过这样的生活啊，你想要更好的，那你就要自己去努力争取啊！任何人都没有义务免费给你，除非是他们自愿的！

我会半夜帮你做宵夜，会担心你吃得好不好，可这都是因为我爱你啊！但是我并没有这个义务你懂吗？！你自己明明就可以做的事，我帮你是我乐意，可是我不帮你你也没权利指责我好不好！真是受不了！我一直觉得我选择和你在一起，是我自愿的，没有很好的家庭环境，可是我相信你可以靠自己得到！但是，在很多事情上，我真的都没看到你有一个很好的心态，对生活也是！你肯定会觉得我想法太多对不对，但是对自己的人生你首先就得敢想啊，想都不想，那你怎么设计自己人生的道路！

噢，连岳，我有时候真的想分手了，可是，我又觉得他很可怜，不忍心伤害他！所以暂时分开也许是对我们现在最好的方法！

呃……再说个比较让你对我无语的，我有时候都觉得他好笨，怎么想问题的方式会和我差这么多，可能是我控制欲太强烈了！可是，连岳，我现在真的是都快烦死他了，可是每次争吵过后又觉得他好可怜，我很受不了现在的自己！

How can I do？我有些后悔当时的交往和自己的一腔热血了！生活还是向前的对不对？！现在的我应该更努力地考虑自己的人生方向才对，也许有天真的南辕北辙了，时间应该会帮我作出选择的！

今天就写到这儿吧，也祝开心！

感叹号

感叹号：

真的很多感叹号，这是我收到的感叹号最多的一封邮件，看完像刚打出十八铜人阵，身上挨了许多棍棒。是的，我最讨厌感叹号！！！正像许多人不满英文漫画老是要大写字母一样，我反对用感叹号表达感情。不过，我知道这只是我个人的偏好，停留在自我审美阶段，一点问题没有，如果我对爱用感叹号的人进行人格攻击，甚至我有了权力以后，把那些使用感叹号超过一千次的人送进监狱，那就大错特错了——你看，这样的句子后面我都没用感叹号，当然，想必有人会讨厌破折号。

个人的爱情标准可以毫不顾及社会主流及他人感受，你制定得过于离谱，了不起没人爱你；你太过梦幻，那现实就不接纳你；你太过残暴，自然有法律制约你。所以我从不对某个人持有何种爱情观而着急，一个人往往错在他越了线，用自己的标准强加于人，只有自己的自由，而无他人的选择；在正常的社会里，观点进化也像爱情一样，是以谈为主的，你说得在理，接受的人就多。一付诸强力，那再好的观点都变了味，长得再帅强奸也有罪。

有位女性记者曾向我提出这样的疑问：我们许多男网友经常会评论说，现在的女孩特别现实，比如找男友、老公，对物质要求会比较高，你是怎么看的呢？甚至一个女孩子说的择偶条件就是有房有车。

我的答案是：对另一半有现实要求，很正常也很正当，你达不到，那就不找她吧。这是双方自由选择的过程，没有什么好抱怨的。我觉得她要求 10 套房子也很正常。爱情不是随便组建，一定要有一定的物质基础条件，可以提出任何她想提的物质条件。我要求我要的情侣是个总统，有什么不行呢？有房有车为什么不行呢？完全可以。

在一个贫穷的家庭长大，一直缺钱，可能要奋斗到中年才会有点余钱，这是中国许多男人的前半生，在这种状况下，本能地希望女性不在乎物质，这有两个选择，一是真找到一个这样的女人；二是有本事让一个在乎物质的女人爱上精神的你，身无长物，花言巧语就要会。可是很多人自大地选择了第三种恋爱策略：他试图用诅咒来改变天下女人们的物质要求，以期望一个人人都爱穷小子的理想国——这真是又吃力又反动，我们国家在金融危机时都提增长率要保八，知道一穷就要乱；最极品的是此文中的男一号，找到女朋友，还要对女友一千多的鞋说风凉话，不是自己送的，本来就要避免提及嘛。

长期以来，污名化物质，对贫穷赋予了原本没有的美德，所以让人违背本性地以穷为光荣，似乎可以天然地歧视有钱的人，以谈物质条件为辱。

为帮人走出这个误区，我有个故事供顿悟。

一个出生在富裕家庭的人，因为不缺资本，人又聪明努力，经商相当成功。我的一个朋友坐在他对面，凭着惯有的思维说：你也没什么了不起的，不就是天生有钱嘛。

这个天生有钱的人想了想，说：你的意思是天生很高的姚明不该打篮球？

我这个聪明的朋友马上意识到自己待人不公的偏见。从此变得平和。

人有时候打着漂亮旗号去攻击他人，尤其是攻击别人的财富、运气、聪明以及差异，那往往是源于自卑，如果意识不到，或者不愿意改，成为一个心胸狭小的失败者的可能就太高了。这样的人，一般来说，不会有人爱的，爱了有机会我也要拆散他——比如本文这例。

祝开心。

连岳

2010 年 1 月 19 日

机器不坏不要修

连岳：

我今年25岁，我爸妈也结婚26年了，打记事起，我就觉得他俩从来没爱过对方，一直在大小不断的争吵中度过。他俩都是普通人，有正经的工作，正常的朋友，无不良嗜好，待人真诚，他们都是好人。

我不该无病呻吟，该觉得幸福吧，我也这么觉得。至少我成长成了一个有常识心理明亮健康的人，和我家这种自由民主的家庭教育有很大的关系。但是昨晚，我爸打牌回家吃饭晚了，我妈电话里面骂他了几句，回来两个人吵了起来，其实和很多家庭战争相比，说起来也不是很严重，基本上就是我妈特别大声地喊了几句难听的，然后两个人就不说话了，原定今天去看奶奶的计划我妈也退出了。我出国在外离家一年半才回家两天他们这么喊，我很受不了，就自己一个人躲在屋子里哭了起来，想起这么多年家里的这种状况，躺在床上嚎啕大哭了两个多小时，到后来都把手哭麻了，也控制不了自己了。

他们一直在大小吵之间度过这么多年的岁月，原因各异，大抵都可以归为没有感情，但因为都是受过教育的人，没有过大规模杀伤性的争吵，从没动过手，大多就是冷战。我始终能记得冷战氛围下的空气有凝结的感觉，小小的我做什么事情都小心翼翼，不知道该安慰谁和谁说话。我大概12岁的时候已经开始劝他们两个过不下去就离婚算了，可是他们都以我还小、都是为了我这样的理由凑合着过下去。我初中的时候巧合地知道了我爸的一段出轨，我看过那女人给他发的短信，我知道那个女人，还和她一起吃过饭一起住过宾馆的一个房间，我恨她，但了解恨是多么无力的情感，所以为了不挑起更大的战争，我选择缄默。在这个问题的处理上，我一直不理解自己，我没和任何人说，就让这个秘密烂在了我的心里，烂得我都觉得自己心理变态了。更可笑的是，长大之后，通过各种迹象，我发现，我妈也知道，我爸也意识到我知道。所以你看，在这个问题上，这个家庭的成员保持高度一致的虚伪，都在维护一个所谓的“一切为了我”的希望。当然我也有过比较激烈的想法，我爸曾经夜不归宿，我彻夜不能入睡，想着各种方法能让他惊醒，甚至想过离家出走自杀这种幼稚的想法能给他警示。但我还是不恨他，我也不想伤害他，只是想伤害自己让他有所改变，那段时间也挺心理变态的。

后来上大学了，出国留学了，和家里更多的都是电话交流，我妈一般都营造一种虚假繁荣的景象让我放心。可是我也心疼她，过得不开心，为了我还得坚持着。因为昨天的争吵，我妈本来打算出去自己静一静，可是我在家真的已经受不了这样死一般的静寂和悬着放不下的心，就打电话求她回来，再一次哭到不能自已。我的个性一直比较乐观，在国外的日子里，不管自己遇到多大的困难，我都能坚强面对，我个性豁达，一般的事情都不计较，相信快乐是一种选择，所以在国外相对单纯的环境下生活得非常简单快乐。回来之后，我无法接受这些痛苦且无法改变的现实，父母，我都爱；可是他们的关系，我不能袖手旁观、不受影响；我不能选择一走了之、消极对待，选择自私的快乐。我希望他们快乐，哪怕是各自的快乐，但是他们做不到，他们选择“在一起”这样的状态是“为了我”，可殊不知，对于自己的无能为力，我是多么地痛苦。

连岳，我的情况其实不复杂也不那么棘手，

但是在同龄人之中非常普遍。我的问题也很简单，自己的命运和心态可以自己把握，但是对于那些我们至亲至爱不能置之不理的人的快乐，我们无能为力，且为之痛苦，这样的痛苦应该怎么化解呢？

选择快乐生活的女儿

选择快乐生活的女儿:

你知道得到快乐的秘密是什么吗?

那就是快乐的成本越低越容易快乐。犬儒主义者的成本很低，觉得人像狗一样活着就好了，不必对外在的物质有过多的要求，这一派别的大人物第欧根尼住在木桶里，根本不会害怕直线上涨的房价。亚历山大大帝曾经毕恭毕敬站在桶前问他需要什么，他说，别挡住我的阳光就行了。

从人性、知识及虚荣的平均值来看，犬儒、苦行这类极端主观的快乐主义者，多数人是做不到的。不过就算考虑了实际可行的因素，快乐成本也不高，食物、性爱再加感情，三者不缺，快乐就稳固了，如果不自寻烦恼的话。

食物、性爱及感情本来都不难得，在中国，至少三十年来，这些资源都算充足。但是为什么快乐的人不多?就像你这个选择快乐生活的人，却总生活在烦恼当中?

那就是因为自寻烦恼，失去了维护快乐的理智。

烦恼最易产生偏执，偏执地想让别人和自己一样，我们生活在一个总是抑制不住想改造他人的气氛里，种种宏大的思想改造就不说了，以小家庭来说，孩子的苦恼多半来自家长利用自己的强权把他们的圆脑袋塞进方形的框子里，今天在推特(Twitter)看到一位父亲的自省时，内心软了一会：孩子和小朋友们在一楼玩耍，热闹非凡，“你们安静点！”这句话已到了口边，但还是忍住了。对于上门来玩的孩子而言，没什么事比被朋友的老爹干预更扫兴了吧……

这样的自省，中国的父亲们很少有吧？

时光无法倒流，上一代人的粗糙就让他们自己承受吧，新人长大后，新的血液新的心脏，容易感受到温柔。最怕的是新人长大后，受了好的教育，思想开明，行动力强，看到老土的老家伙们，气不打一处来：你们这点破事，换我们新人，眨眼的工夫就解决了，你们却假模假式地演蹩脚的戏码。这就是你面临的困境，很多新人面临同样的困境，他们也像你一样，起了改造他们的想法，要替他们解决。

就在这越俎代庖的一瞬间，我们继承了他们最坏的精神遗产，开始强迫他人了，开始自寻烦恼了。

所谓机器不坏不要修，上一代人看起来有许多关系恶劣，呆在一起就是互相折磨的宿敌，但是，他们自己对自己的处境负责，只要他们选择继续苟且，那个状态对他们来说就是“不坏的机器”，若强行拆下维修，拼回去就完全无法用了。

把他们想成受害者也许更容易产生同情心，他们没有受过足够的教育，他们成长时资讯与观点不像我们现在这么容易取得，他们没有享受过一点自由的乐趣，他们甚至没有渠道获知正常的性爱观念，他们心灵软弱，气力不足，他们没有修正自己不幸婚姻的力量了，这是他们的命运，你没有能力改变他们，你也没有权利强迫他们改变，强加的善也是恶。

对父母对自己的最好的交代就是成为一个快乐的人，快乐的人是不会打扰他人的，快乐的人只能自己笑，而无法威胁别人一起笑。你笑了，别人笑的可能性高一点而已，只能这样慢慢改变。

祝开心。

连岳

2010年1月27日

兼有化粪池功能的孩子

连岳：

我的故事是这样的。

28 岁，一个 2 岁孩子的母亲。儿子非常漂亮，也有听话的时候，也有淘气的时候。丈夫常年驻外地工作，我们一年内团聚的日子加起来也就两三个月，频率不定，硬要平均划分的话，可计作每季度一次，每次半个月。

我的问题是，即使在这仅有的相聚的日子里，我仍是排斥与他做爱。

我知道是我的问题，所以一直暗示自己不要捅破这层纸，在他需要的时候，我都配合，我用了配合，不是迎合。在这点上，我相信他是足够爱我的，他纵容我的呆板与冷淡，也不强迫我主动和热情。事实上，我没有高潮可言。

原因要追溯到很久前了。我和丈夫是相亲认识的，当然是理智作出的婚姻抉择，因为妈妈说："和谁过，都是一辈子。"我深信不疑。至今仍是。认识他以前我有一个情人，不是男朋友，是情人。秘密的。

你猜得对，他是别人的丈夫，长我十几岁。我当然相信我们是有感情的，我更相信我们在一起不是单纯为了性。但是，我仍迷恋和他做爱。相处的三四年里，我们一直相爱。我很乖巧，不强迫他给我名分；他很聪明，不限制我交友成家。他像我的父亲一样，纵容我，带领我，在我青春洋溢的岁月，不寂寞。可是，同样地，我很自责，也常常感到悲哀。不管我如何显得乖巧，仍是常常抱怨这暗无天日的偷情，使我日夜眼泪纵横。所以，我坚定地选择了婚姻，结束了那段让我刻骨铭心的爱情。跟着死寂下去的，还有我的身体。

婚后，我几乎对性不抱任何幻想，似乎那是可有可无的事情，生儿育女之后，我更有借口避开，因为孩子，因为工作，因为日渐繁忙和老去的心，老公也因此安心在外地工作，他知道，我"性冷淡"。

但是最近，我常常自问，还不算太苍老的身体，要一直沉寂下去，直到老死？或者，怎么样改变心态，就可以和丈夫和谐做爱（挑剔一点，丈夫的性能力，硬件条件或者技巧都不能让我满意，或者是我要求太高？或者我见过一种专业说法，我G点太深？这也是我不愿改善我们关系的原因，觉得会徒劳无功）？再或者，我应该找一个性伴侣？

夏天的时候，有一阵，我热衷于自慰，如你

所说，又安全又简便。可满足之后的不甘又让我心生悲凉。可怜自己的无爱！

如今，不只是身体，更多的来自内心的寂寞层层将我包裹，越来越多的抱怨聚集在心中，甚至无处发泄的时候，会对孩子发脾气，常常让我自责。这种貌似安稳，但缺乏心灵交流的婚姻，我该如何继续？或者一直“冷淡”下去？

附上一张我儿子的照片，希望你能和我一样，分享他带来的快乐。

祝你顺利！

可乐妈

可乐妈:

回你邮件前，刚好看到英国《泰晤士报》一篇文章，说是一些科学家经过研究，认为女性不存在性敏感的G点。所谓的G点之说只是有些女性的主观产物，而非客观存在的事实。

不贸然接受他们的结论，但至少他们的研究显示了另一种可能，会不会有女性认为有G点，从而觉得性快感更容易得到？如果是的话，我则认为G点无论是否真实存在，都并不重要，重要的是它确实带来了快感。

对于人类这个物种，很多快乐与痛苦似乎都是观念的产物，有鲜明的主观色彩。比如邻居破产，我们自己的财富没有任何增减，心里却有淡淡的快意。又比如原来少年初长成，自慰时想到一滴精十滴血的公式，觉得自己就要射血而亡，心里全是恐慌。

人的主观不能完全无中生有，或者违背人的本性。半杯水，乐观的人说还有半杯，悲观的人说只剩半杯了，他们面对的是真实的半杯。G点，有人说有，是女性身体的大发现；现在有人说无，是快感的别称而已。他们面对的也是真实的身体、真实的性爱与快感。

其实婚姻与爱情，最无法逃避的，就是自己的身体。最无法欺骗的，也是自己的身体。人在买春时，可以和没有感情的人性交，可是在婚姻之内，却无法和没有感情的人做爱，装一次也许可以，多几次身体就不答应了——这点你更有发言权。

与爱情一样，怨气也会积累。我们的关系，从爱情到人情，从家庭到社会，积怨得多，所以有时候会把怨当成爱。这时候，情感会找一个寄托，不幸的是，选定的人往往就是孩子。于是可以轻易看到情感泛滥的母亲(父亲也有，相对较少，不知这和他们可以光顾色情业有没关系)，毫无节制、不分场合地展示自己对孩子的爱意，到最后，她要依赖孩子对她不停地表达忠心，在这种两代忠贞得意当中转寄爱情中的失意。这个孩子，往往是最可怜的人，因为他在爱的名义下受害。一个中国孩子，往往又要成为这样的孩子。

所以，难得你有自觉："更多的来自内心的寂寞层层将我包裹，越来越多的抱怨聚集在心中，甚至无处发泄的时候，会对孩子发脾气，常常让我自责。"失败的婚姻打着孩子的名义维系，本质上是为了折磨孩子。父母的情绪可以排泄给孩子，孩子却没有下家可以发泄情绪，在食物链的最低层，他只能像个化粪池一样忍受。一个这样长大的人，你怎么能指望他快乐呢？怎么能指望他有创造力呢？

诚实面对自己的感情、自己的身体，这可能是一条不伤害自己也不伤害孩子的路。如果有人将婚姻的期待值调低，只在意它可分摊生活成本以及其他现实的便利，那就要时时提醒自己不要将负面情绪转嫁给他人——不过有这份意志力的人，可能也有能力追求快乐一点的婚姻，所以这个“如果”算我白说。

不开心比G点更强大，有了就一定会存在，若有个源头不停生产不开心，那么，总有人要承受它。

祝开心。

连岳*

* 原文未注明时间。下同。——编者注

我不是他人的工具，
我永远是自己的主人

连岳：

在结束了一段两年的同性情感，放弃了体面的工作以后，我回来完成我的历史使命，给一生要强的父母一个理想的婚姻，接受一个“社会人”的无奈。偏偏桃花未绝，又遇到一个，还似乎是极品。连岳，要知道，在此之前，我从未想过单身，或者跟自己爱的人组建一个“家庭”明目张胆地生活，但是失恋后的成熟和她的吸引，让我不假思索地选择了与“回家结婚”大相径庭的举措——出柜。可笑的是，我回来是因为怕若干年后，早晚地被逼“出柜”会断送父母幸福的晚年，但现实告诉我，我似乎是回来提前结束他们幸福晚年的。

妈妈的理解与哭泣，爸爸的愤怒与固执，对于一个恋爱中的人没有任何杀伤力了，那似乎是上帝给我的最后一束爱的力量，我除了无条件地爱她没有任何需要待见的事物了。

爱上她，不是因为失恋，也不是因为孤独，所以我界定它的纯粹也是我不顾一切的理由。

她，善良、妩媚、执着、自我、能干。但我也承认，与她相爱，存在致命的要害。她一直说自己是幸福的，遇到我，以后的路哪怕再艰难都不怕，每当想到这里，都心生温柔，没有比这个更让人感觉温暖的了，也是我无条件接受一切常人无法体会之“煎熬”的理由，尽管这与爱似乎自相矛盾。

她要结婚，还需要一个自己爱的男人，这是当激情稍许平复以后的决定。宠爱，让我接受常理的真实性，尽管可以看到几十年后或者几年后甚至更短时间内彼此的淡忘。我的宝贝偏偏习惯于“征求我的意见”，追求者、相亲者、网上交友觉得不错的“对象”，聊天记录和手机短信都必定和我分享，还得出谋划策，原因是她希望是我“满意”点头过的。我尽我的力，每一次“评判”，都尽可能抽离自己让自己变得“公正”，并尽可能不去“关注”她的约会。但最后，我还是选择逃避，我不想再看了，我怕自己看得太多，无法用自欺欺人来掩盖自己的聪明智慧。都说爱不顾一切，是的，我不顾一切，只要她一声令下，但，她似乎鱼和熊掌想要兼得，我又不忍心告诉她，你只能选一个，只能等着哪一天鱼烂了，也就听天由命了。如我们般二十八九的年纪，在大好时光逝去的当下，要找一个翩翩俊才、经济适用男人的概率几乎为零，且条件越优越，年龄与怪癖越成正比，我无比担心，在这个寻猎的过程中，不仅可能一无所获，还平添了对生活的失望，且我们的情感也内耗殆尽，于她，我不忍心，所以才会做那些“评判”的蠢事。

还有一件不知道是否是蠢事，我选择形婚，下决定的原因，不想让她承受爱人“移情别恋”的痛苦，她会主动看我的消息，没有我那么强大的内心，若我如她那般寻猎，她会崩溃，有些事情我看得很清楚，我也似乎知道应该怎样做，我的心太软，每当想起她凄凄惨惨、孤孤单单，都不忍心，因为我知道一旦决定了自己就无法回头。她是言出必行的，我相信，她说无论如何都不会离开我，我相信她此刻说的都是真的，但我真的无法相信时间和现实的力量会让一切永恒，我唯一能做的就是尽力。尽力优秀、尽力赚钱、尽力爱她和她的家人，一开始我以为我怕的是她不爱我，现在我怕的是我可能会先不爱她，你说还是做聪明人好，我想聪明人自有她的烦恼，我多么希望可以自此爱着一个人，一生为她着迷。

我有时候有点不知道该如何去爱了，太多矛和盾，难免要捡到两把不一样的自相矛盾一下，爱是排他的，爱是不顾一切的，爱是包容和无条件的，爱她的本身不论她的外在……连岳，你说百分之九十的分手都能看作利好，继续好好爱另一个就好了，但是对于一个 Lesbian，不会有那么多好运随便继续，何况我曾暗暗对自己说，这是上帝给我的最后一个女人。

0000

0000:

分手为什么是好事呢？它符合契约精神，当订约条件消亡时，它自然相应失效，否则爱情与婚姻就会演变成以骗局开始的人身买卖，用精心打造的假象让你爱上，然后奴役你一生，我觉得这比贩奴的利润还高。

正因为有分手这种制约方式，两个约定相爱的人（往往以婚姻的形式开始），才会意识到这只是旅途的起点，在其中更要尽可能多地实现人生的种种可能——兑现自己在爱情中的承诺，以证明自己是个值得一直爱的人——哪怕是在衰老与失意之时。

爱的誓言一般是与爱情的安全原则相违背的，带有浓厚的奴隶社会习气，说得时尚一点，它会含有受虐倾向。我是你的唯一；我无条件爱你；无论你怎么对我，我都会忠心耿耿……标准的句式构成是：我不我（我自愿放弃一切主权），而你是全部（你是不受任何监督的君主）。不受监督就绝对腐败，这句常识在爱情当中也适用。一个人高高在上的关系，它照样会腐败得毫无生机。

爱让一个人更自由。这句话很容易误解，以为爱可以让人为所欲为，其实这种自由更多地体现为遵守某种约定——不好意思，这里要提到康德，这正是他的自由观，也是我喜欢的——自由不是放纵自己的欲望，而是遵守纯粹理性。让我用个更简单的例子来说吧，许多宿醉醒来的人难免陷入情绪低落的抑郁，这反证出你是酒的奴隶，豪饮并不是自由，遵守内心适量的理性，反而是自由。

长久的爱情会提升人的快乐指数和智商，我认为是有道理的，在其中当事人体现出了持久相爱的能力、化解爱情危机的能力以及持续享受自由后的放松状态，这样的人怎能不快乐呢？

那么问题来了，在爱当中必须遵守的约定是什么呢？当对方开始不遵守时，我可能并不知情，到意识到了以后，我甚至失去了抵抗能力。这就要回到自己：我最了解我，我渴我知道，我痛我会喊，我有自己的人生，我有自己的实现，我有自己的尊严，爱是让我看清自己，我爱的人是一面清晰的镜子，而不是浴室之镜——我在其中面目模糊，直至彻底迷失。

父母爱孩子、孩子爱父母、朋友爱朋友、男人爱女人、男人爱男人、女人爱女人，任何一种类型的爱，宣称要放弃自己，都是可怕的开始；更可怕的是真这么实践了，那沦为互相折磨或自我折磨就是逻辑必然了。

同性之爱由于其非主流，承受的压力更大，不敢承担责任地转嫁伤害，失去自己与受难型地抹灭自己，都是容易犯的错误——你是受难型的。没有谁要受难，没有人应该失去自己，没有人应该成为他人的工具，就算是情人也不行，比情人更伟大的概念也不行。我永远是自己的主人，在爱情中更要记住这点，发誓时若违背这个原则则不要当真。

祝开心。

连岳

2010年2月9日

寻找飞鸟的孩子

连岳：

我还非常年轻，读初三，关于那些大人们的游戏，我还没有经历过。我只是要在 6 月去面对中考罢了（您可别因为这个瞧不起我）。

回到我此信的根本目的。我在情人节和大年初一给你写信。我的父母在昨天进行了一次史无前例的争吵，是的，除夕，在奶奶家众多家人的注视下。说到底，还是起始于大年三十去谁家这样老套的争执。我活了近 16 年了，每年都要为此争吵，也就习惯了。开始我也不在意，后来我爸越说越离谱，我忍无可忍无须再忍径直走到我爸面前，说，你不要太欺负人。接下来的，我就不再叙述了。整个除夕夜，眼睛都是肿的。

在我们家，我爸一直占据着绝对主导的地位。虽然我可以万分肯定他绝对没有在外面找女人，虽然我爸作为一个文化人从来没有对我妈施展过任何肢体暴力，但是我一直坚持以为这么多年来他打心眼里不尊重我妈，有时我甚至觉得我和我妈就是他的狗：他高兴了，爱抚几下；不高兴了，就完全否定我们的价值——我爸热衷于否定一切人（除他自己和他妈以及他的兄弟姐妹）的价值。我是个性格棱角相对分明的人，并且我可以毫不自恋地说从某种角度讲我比同龄人不“幼稚”许多。我自认为我虽算不上才华横溢，但至少我认可我的价值。但是我爸不，他总是不断地告诉我，你没考进一中的话会怎么样，或许这是他的教育方式。他对我妈也这样，嫌她这不好那不好。好吧，或许这是他的脾气。我妈脾气好，忍了。但我实在无法忍受。他总是在不断地质疑和否定，否定我的目标、我的价值、我的梦想。

我是一个形式作风上相对强势的人，我信奉教父的一切诫条。比起给自己留条后路的生活方式我更喜欢“如果你想过河，就先把帽子扔过去”。所以我非常非常不喜欢父亲大人的打压式教育。他喜欢我姑的女儿，我伯的儿子，他愿意肯定他们的价值。但是对我，不，我可以变得一文不值，我，一个十五周岁的不缺胳膊少腿智力正常的花季少女，对于父亲大人而言，是寄生异养型生物。

我们学过一篇文言文叫《刘君良兄弟情深》，里边的那个叫刘君良的男人在饥荒时期因为老婆“善意的谎言”，就为了兄弟感情抛弃了爱他的妻子。我们老师要求评价刘君良，就有人提出他根本没有良心，因为他的兄弟之间没有他还能互相依靠，但他的老婆没了他就真的无依无靠了。我极其厌恶刘君良，他根本只是在证明“兄弟如手足，女人如衣服”。而我毫不怀疑，要是现在饥荒，我爸一定会丢下我妈（丢不丢我这个独女还有待研究），去寻找他的兄弟姐妹搭灶台。

我常常觉得男人怎么都他妈这么混蛋，会这么想，想必我爸的表现成为了相当重要的一个因素。《围城》里说，结婚无需太伟大的爱情，彼此不讨厌已经够结婚的资本了。我自认爸妈的婚姻好歹也是自由恋爱的结晶，那么，就算婚姻是爱情的坟墓，既然要过日子，何必弄得彼此互相讨厌。我爸不是商业精英，但至少算个人才，我妈也不是没能力没脑子的女人，而且我妈的脾气在我看来已经是好得出奇，我爸也是个有责任心的人，日子不愁吃不愁穿，为什么总是要没事找事彼此讨厌呢？婚姻是两种社会关系的结合。从根本上讲，我爸不是讨厌我妈，而是否定了我妈所生活的家庭、社会关系，但如果仅仅先把婚姻当作是两个人的事，彼此尊重和不讨厌，日子会不会过得更好呢？是的，我爸清清白白的，没有女人，并且确实为这个家做过不少，但以小女之拙见，婚姻不是仅仅靠没有别的女人就可以维持、达标的。

我不知道我的问题是什么，不知道我究竟是不喜欢我爸对我妈的态度，还是我爸对我的否定，抑或是我爸对于婚姻的淡薄和他让人无法忍受的毒嘴和怪脾气。或许在你看来这都不是什么大问题，但至少，现在，情人节，大年初一，我给你写这封信的时候，这些都是足以让我渴望快快长大，去获得我的权力，寻找我的自由、实现我的梦想和抱负。

祝顺利。

寻找飞鸟的孩子

寻找飞鸟的孩子：

我怎么能瞧不起你呢？又有哪个读者能瞧不起你呢？16岁的你，文章一点也不比我差啊。

你的父母生出一个这样的女儿，似乎可以原谅他们糟糕的婚姻生活了——当然，这只是玩笑，如果有一对正常的夫妻，你也许比现在更了不得。

你父母恶劣的关系，在中国现有的婚姻关系中并不罕见，这个专栏的读者也见得多了，甚至许多人会说，这有什么，婚姻不就是这样的吗，混吧，还有更惨的呢，热暴力的杀伤力大过冷暴力。

在疯子的国度，反常变成了正常，在恨的丛林里，追求爱反而是件羞愧的事情。

为什么还要说呢？这次的着眼点在于一个16岁的孩子看出了这里的不对劲。

新一代人出现了。这是我在等候的。这才是我们需要的孩子。

教育才能让社会进化。只有爱的教育才能让爱进化。成年人更不愿意承认自己的爱情出了偏差，他们甚至会憎恨将真相告诉他人：你若不告诉我有一个更美好的世界，我就会安心呆在这个乏味的地方。这并非说他们全是一群不可救药的家伙，纠偏能力、自我教育及自我调整能力正是一个人的核心价值所在，没有它就像汽车没有方向盘，只能指望行驶在一条无尽的直路上。像样一点的成年人当然具有这样的能力，在同龄人当中，在上一代人当中，我都不难发现雅致、宁静、温柔的爱情，他们都知道爱与人生都是弯路，需不时转向，甚至退几步也无妨。

只是这样的常识太少。这是他们的悲剧命运，没人教他们这些常识，他们更无自我教育的能力。心理学家菲利普·津巴多（Philip Zimbardo）曾说过一个例子，在一例实验中，主持者告诉男性参与者以电击的方式训练一只可爱的小狗，它第一次违反命令，就用 5 伏的电流电击它，每次电流增加 5 伏，小狗毕竟不是天才，电流增强到它几乎无法承受的地步时，大半男性参与者拒绝继续参与实验。

感性的、温情的、心软的女性参与者有多少人拒绝主持者的要求呢？ 100%？答案出乎意料：0，所有女人都服从主持人的命令，对小狗施以酷刑。

难道女人更残忍吗？津巴多认为：不是的，那个实验进行的时空，女性受教育程度较低，她们习惯于服从，哪怕是违心的事情也不知反抗。这有点像中国婚姻中的诸多女性，即使婚姻违反了自己的本意，甚至受到了各种形态的虐待，也视之为当然，这就是缺乏爱的教育。即使有的女性受过了大学教育，收入也不输给丈夫，也仍然是沙袋——分量再足也是别人出气的地方。这是因为她们受到的所有教育（即便是读到了博士），都是服从的教育，规训得更为厉害。我总觉得有一个恶魔，把她们的“我”字偷走了、骗走了、抢走了。

而你的“我”字很难失去了。依我之拙见，你能长大，获得你的权力、找到你的自由、实现你的梦想和抱负。现在好好观察你眼前的伤害模式，摒弃它，不要用这种模式伤害他人，更不要让别人用这种模式伤害你。

祝开心。

连岳

2010年3月3日

不必为当年的软弱羞愧

连岳：

你好！

本没想过有什么问题也给你写信，直到这两年，我蓦然发现虽然自己已然混出点样了，老婆孩子热炕头了，可多年前那段感情中的一点不爽让我一直有些纠结。

那段感情是我的初恋，女友是我的初中同学。初中时我就暗恋她了，有些交往，未敢表白；高中时我们不在同一个学校，而且学习压力大，感情未能延续；后来都上了重点大学，虽然不在同一个城市，我还是果断出击了，可惜当时她没有接招；又过了两年，大三寒假的时候，她主动向我表白，我当然欣然接受，就这样我们开始了热恋，虽然大多时间并不在一起，可我们的心似乎时刻偎依，情书几乎每天一封，有点像计算机里并行处理的多进程，编织着愈加丰富的感情；五一长假我们迫不及待地到一起，手牵手，享受依偎共处的时光，初吻了，和衣同床了，越走越近了；

然而就在这时，一个阳光明媚的上午，一片开阔的草地上，她泪流满面，向我述说了前一段失败的感情，给她带来的身体上心理上的伤害，说对不起我，要我原谅……当时，我很震惊……我说没事没事……绞尽脑汁想着说点什么安慰她，希望减少此事给她的影响；而我的内心仿佛起了点变化（我不是很确定），面上我们依旧笃笃情深；转眼暑假到来，我们又可以一起了，一天晚上，我们同处一室，亲昵爱抚之时，我一时冲动，开始脱衣服，可是她却非常冷静，把我推开……我像泄了气的皮球，很不爽；过了两天，我们在一起时她主动脱了衣服躺在旁边，我却提不起兴趣了，再往后，我好像心理上有了阴影，感情还在继续，却不敢进一步了，跟痿了差不多；要说明一下，那时，我连毛片都没看过，自慰都没有过；面对如此困境，一筹莫展，准确地说是我们俩一筹莫展，她仍然很矜持，我也变得“矜持”了，呵呵。

可以想见，这样的困境对于那样两个年轻人是多么的残酷；在萧瑟的冬季她提出分手了，我既有不甘心也有轻松之感。

后来大学毕业了，阴差阳错我们都来到了上海工作，自然地，又联系上了，这次是她向我发起攻击，有一年左右时间，她频繁示好，而我屡屡躲闪；后来她和一个同事结婚了。

后来我认识了现在的媳妇，小我几岁，我们的感情一步一步发展到上床的时候，我心理上还有些畏惧的，好在她和我一样耐心，试了多次之后，我们终于取得了突破，共享了初次的刺激和愉悦，如今我们结婚生子了，日子过得还不错。

可是很巧，她家如今就在我们家附近，很自然地，我们以老朋友的感觉相处，渐渐地，不单是我们熟络，两家关系处得也都不错。然而有时候看着她，想想曾经的失败让我（们）那么痛苦，心底里真希望和她发生一次，一解当年之困。我知道这么想一想都是不该的，可我总感觉有那么一点不爽还在心头。怎么办呢？谢谢指点。

阿也

阿也:

据说时间是分岔的，在做每一次决定时，我们都顺着其中一个岔口往下走，失去了其他几种的可能性，这就是所谓的林中小径迷思，美国诗人罗伯特·弗罗斯特那首《未走的路》因此众人传诵:

两条小径在金色树林里分岔，
多么遗憾我不能同走两条小径，
只能踏上一条，我长久伫立，
向最深处注视另一条小径，
好像我已走向转弯处的灌木丛，
……
我将叹息着回忆这一情景，
多年多年以后的某处:
林中分岔的两条小径，我——
我选择了僻静的那条，
随后一切都不同了。

选择任何一条小径都无道德、价值、财富、美学上的不同，只是当下那一念之差，这适用于我们每天的生活，做不同的决定，总是在一种可能性确认的同时放弃了另一种可能。最近有科学家出来解决分岔问题，说别伤感，其实存在着无数个宇宙，你两条小径都走了，不同的你分别处在两个不同的时空里。

不知这种新的宇宙学假说能否安慰你？

另一个世界的我在做什么呢？可能在睡觉吧，因为拖了稿，早起是闹钟叫醒的，在摁息它的声音时，有过挣扎，睡与醒有过分岔，其中的一个我选择了继续睡。

这不会让我好受一点，毕竟我坐在这里写稿，睡的是他。

如果能实践每一种可能，弗罗斯特也不会引起共鸣了。

时间已经过了，分岔口已在身后，回不去了。这就是我对你的建议。不幸的人总容易回想过去：假如我当年如何如何，就不至于此吧？他们总在懊恼：如果不做这个选择，生活就将好得多。

强势而未能如愿的人总在不停地埋怨配偶——潜意识就是在后悔自己选错了一条小径。不知走另一条未必更好，甚至更糟，只不过因为无法检验，所以留存无比美好的可能。

没有结果的初恋、暗恋为什么会容易成为爱情潜藏的杀手？那是因为它们是一个人最深刻的印象（第一次动情嘛），失意的人总是想着当年似乎可行的，自己却错过了，以至于对当下更为不满。有什么现实能敌得过对完美的想象呢？

你的想法可能更单纯一点，对现实爱情并无不满，只是不喜欢自己的历史记录，由于缺乏经验而导致“跟痿了差不多”，其后又拒绝她复合的追求（可能还替她假定了猜想：他是不是因为性能力的问题而拒绝我呢？），你想再和她来一次的目的不过是为了证明自己并不痿，免得让她以为今日的你依然是当日的你。

阳痿恐惧固然是男人的噩梦，尤其是错让初恋情人以为自己是阳痿，不过这个小小的要求也不能让时光倒流以满足你的另一个可能性，尤其是，凭什么以为今日的她就像是性能力测试器，完事后给你打个90分，扣掉当年20分的印象分，最后得分70分。她为什么不能这么想：

1. 他年轻时都不行，现在还来追求我，看来是想玩大的，我得先把自己家给拆了；

2. 这个不行的家伙，真是讨厌；

3. 他真的爱我，我能接受无性婚姻吗?

4. 该给连岳写邮件了……

她可能很难猜到你只想证明自己现在是条硬汉，如果发现如此，“非常冷静”地“把你推开”的可能性就大大增加了。所谓“随后一切都不同了”，它的意思是，真的不同了。以为其他条件都不变，只有自己这个主角可以一次次NG，那未免太天真了，太把自己当成世界的中心，这不是一个成熟的硬汉该有的幻想。就让当年之痿留在当年吧。

祝开心。

连岳

2010年3月9日

我们自己就是糖

连岳：

没有什么问题要问，只是写封信和你唠叨唠叨。

小时候，做到了长辈的期许，有糖吃；读书了，好好用功，有好成绩。我人生中的前二十几年就是这样过的。这大概让我形成了一种惯性思维模式，只要努力了就会有回报，就应该有回报。

我是个很直接的人。在刚开始约会的阶段，如果说好了电话联系，而对方又没有打给我，我肯定会打给他。喜欢对方，我会告诉他，而且是反复的。虽然经验告诉我这会让人觉得我 cheap，而且容易得到的就不珍惜，但是我没法控制，就是喜欢你，得要告诉你。当约会和其他计划冲突时，我也总是选择约会，因为约会通常让我更加快乐，其实我也只是选择了获得更多快乐的一件事，不是多么浪漫的事情。但是我有很不好的习惯。我会不自觉地去想，为什么我可以为你放弃一些，但是你就不能为我放弃你那些无关痛痒的事情，然后就陷入了我爱你比较多的忧郁之中。你看，我怎么就这么计较投入产出比呢，又不是做生意。

我觉得自己没法成为当年你文中的那个在人群中闪着电灯泡光芒的好男人。*如果我为了男朋友改变了自己工作的地点，而他又和旧情人死灰复燃，最后又远走他国，我肯定会忍不住诅咒和伤心，心里想老子为你付出这么多，你怎么能这么对我。这个投入产出比趋近于无穷大，可以彻底破产了。

寒假回国，和爸妈坦承我的同志身份，虽然过程很艰难，家人很伤心。但是我很为自己开心，因为我通过自己的努力向生活讨了一份自由。你那句“真的很称你廉价的人生”算是我向家人出柜的动力之一。要想按自己的想法生活是要靠自己努力的。这是件很好的事，但是我的惯性思维又让我陷入了抑郁之中。既然我这么努力地 fight 了，老天就应该给我颗糖吃啊！可是迟迟没有糖出现。于是我又陷入了对老天不公的感慨和哀怨之中。这一次的投入产出比又接近正无穷。

其实仔细想想，投入产出比接近零的好事也是发生过的。譬如莫名其妙被一个超级 Nice 的“老板”看上了，研究生生活惬意舒服又愉快，考试没怎么看也能过。只是大概我太贪心，对于这种

---

* 参见《我爱问连岳 1》中的《一个应该被击溃的人的自嘲与温暖》。

好事不太放在心上，相反，对于那些不如我意的事情倒是久久难以放下，觉得谁欠了我似的。

我同意你的话，人应该有自由选择的权利。我一直也是这么做的。我选择大条条地告诉别人我喜欢他，我选择放弃我认为是屁事的其他事情和情人约会，我选择对爸妈出柜，我选择让周围的朋友知道我是同志，我选择一个人千里迢迢来美国泡洋帅哥。每一次都是我自己的选择。但困扰我的是，我选择这么真诚地面对自己，面对生活，但怎么还是孤零零一个人。我的糖在哪里，我的回报在哪里？

我想我要改变和学习的，大概是接受不同的结果，无论好或坏。要突破我人生前二十几年的个人经验主义，需要点时间和努力。但我始终觉得自己没法发出电灯泡的光芒好让你在人海茫茫中一眼认出我。

一二三

一二三：

曾经有个作家说：我花了十几年时间，才发现自己其实没有写作天分；不过，我只能继续写，因为我已经太有名了。

这个自嘲（或是自夸），其实可以用来指导爱情，来，把它的意思一层层剥出来：

时间就像贞操，失去了就回不来。对现实不满的人特别容易逃回过去，人难免都有畏惧的时候，软弱地指望改写过去，可想得太多，精神上就是病态了。给我们一千次人生，谈三千次恋爱，其中会出现的共性是：我们一定会在每次人生都犯错误。不要为犯过的错误懊恼，前面还有错误等着你呢。科学是建立在试错基础上的，试一次不行，试两次不行，试一万次，行了，新发明、新理论就出现了。人也是如此。

有些东西，努力了也得不到。你在冰面上比周洋花了更多时间，但拿不了冬奥会金牌；你比姚明拉了更多引体向上，可未见得比他高，就算拉长了，也无法去NBA当中锋。“努力了一定会得到”，这是一句错误的表述，我总认为这是不负责的社会编造出来的妄语，一个人的努力，只是“得到”的部分因素，没有社会的自由度，没有教育机会的公平，没有资讯与观点的发达，生来就不平等的人，再努力也很难得到。在爱情上，你努力追求一个姑娘，从人品到策略，都没失误，她就是爱那个不如你帅的人，这时候你也只得认了，心中暗操一下老天不公。

给自己留点空白。天分、热情与工作合一的美事，没几个人碰得上。如果你在现在的体系中活得不错，那就利用它给自己挣空闲。宗教都有大把的安息时间，谷歌也鼓励员工花一些时间走神，这一圣一凡都告诉我们，劲不要用完。不要把时间全花在爱情上，有人若花百分百精力与你恋爱，最好也小心。再有钱也不要把情人的生活包下来，开始觉得舒服，后来就发现你剥夺了她的生活——我不知道这是不是女性平权的重要理由。

不要等别人给糖。有次看训练海豚，它跃上空中翻个跟斗，训练师给条鱼；它亲训练师一口，又吃到一条鱼。卖艺卖色结果是换来了几条鱼，它还挺开心，有点自食其力的派头。海豚再聪明，智力也只相当人类的三四岁，像童工一样被骗：那些鱼，大海里有得是啊，自由的海豚们，想吃多少就吃多少。等别人给糖，那等于精神被殖民。对你来说，只要继续“孤零零”就是没有糖；而在我看来，你面对自己，出柜就是糖，你敢于示爱就是糖，你去美国泡洋帅哥就是糖。我们自己就是糖，而不是等别人赏糖给我们吃。

做了努力后，应当欣赏自己，无论在别人眼里看来如何，如果二十几岁时的“孤零零”就能打击你，那后面的日子就太难过了。这不是励志，这是现实的世界，你一认衰，你就不会得到补偿，甚至连你有的也要抢去。

祝开心。

连岳

2010年3月16日

太监不急娘娘急

连岳：

你好！

似乎号称不婚的女性会更早结婚，至少报纸给出了这样的结论。我觉得我找男友、结婚乃至现在怀孕都是在给父母一个交代，于我，这些都是形式，可有可无。更多的时候，我喜欢独处。我喜欢用逻辑的合理性来判断值不值得去交谈，于是很多时候我觉得无话可说。我喜欢纠正别人的逻辑错误，这让我显得十分刻薄。比如，如果我爸和我说："宝贝闺女，洗脸洗手吃饭啦。"这让我反感。首先我讨厌父母对我过分宠溺，另外我找不到吃饭和洗脸有什么必然关系。这是我的强迫症。

我喜欢我老公，在现在的世界，如此温和孝顺有才干的人很难找到。因为相识的时候他说，父亲病了，他从大学就开始自己打工赚学费。不知道我的爱是否源于慈悲。不过我们在一起没有什么矛盾，很开心。

除了一个巨大的隐患，也是他的父亲。最初的印象是古板陈腐。谈话莫不是权力斗争那点事儿，几位大将军，下乡，你家做什么的，赚多少钱。许是每家都是这些话题。不过我觉得他们家如此贫寒，父母N年前就没了工作，有什么资格来问我钱的问题。

我最讨厌抽烟喝酒，这却是他的心头好。我看着他欺负我婆婆也很气愤。婆婆做菜，他在旁边不停地伸着脖子指挥：怎么没加蒜，大火呀，没爆香，酱油酱油！您这么懂你去做啊！我讨厌奴役妇女的男人，更别说是抽烟喝酒又没有工作的男人，最可恨的是对全家颐指气使。别人说什么都不对，就他明白，说个事情对别人指手画脚，一对招风耳又那么不慈祥。我觉得婆婆是世界上最蠢的大美女，嫁人如此。

这些恶习来源于他曾经是厂级干部。廉洁自律的干部，拒绝同厂长贪污自己请辞，于是早早回家，变成今天这样。架子下不来，穷得没话讲还觉得自己不错。这也是我唯一能安慰自己的地方，我的公公人品没什么大问题。就是自我认知度的缺失和强迫症使他无论什么情况下都看别人不顺眼，自己又什么也不做。深厌恶之。

开始我忍着。结婚的当天他说我妈总批评我爸，这不对。我就顶了句：“我妈怎么得罪你了？”

我还有更多想说的。你们家娶媳妇，一分钱拿不出，站在我爸爸妈妈买的房子里评论我辛苦劳动的父亲母亲，您怎么那么不要脸。

更让我受不了的是他强迫我爸爸抽烟喝酒。你自己活腻歪了，你自己喝去、抽去。别老说什么：“万药酒为首，让我戒烟就是想弄死我。”每次看到他给我爸爸倒酒我就恼火，我就去拦着说我爸不想喝。他就说我过分，干吗呀这是。是，这个面子我就是不想给。是，我爸喝这些也不会马上进医院。不过我就是讨厌他强迫别人的样子，总给别人倒自己不怎么喝还摆出一副爱酒如命的脸孔，言之凿凿地说喝酒要有方法。

我知道我和他爸这样的冲突会让我老公很难做。不过我认为他独断专横跋扈无礼的举止和人见人烦的行为就是我老公和婆婆惯出来的。就正常人来讲，没人会喜欢这样一个老头。就连他的兄弟很多时候也受不了他的作派。我老公就是可以忍耐，他说他也知道有时他爸很荒谬，但是还是得顺着他。结婚前一晚折磨我老公写路线和来宾座位到凌晨，还把他写的给撕了，纠缠了几个小时还是觉得我老公计划的正确。于是过后去说自己错了。

我老公和我说就当没看见，即使我发自内心地希望老年人过健康的生活，他们更乐于见到我和他一样陪着笑脸就好了。我怎样忍耐啊？我有无数的刻薄话和粗口像火山一样要爆发。在旧社会，我这样的一定被家法处置了。在新社会，我为什么还得忍耐？SB一枚如是，怎样handle？

现在想想触发我喜欢我老公的那句“爸爸病了……”真是ironic。不知道是我的价值观功利了，还是强迫症和控制欲加深了。总之感觉扇了自己一个耳光。我无所谓，我只是看到我的父母因为我选择这样的一个家庭而显得窝囊，义愤难平。

刺猬

刺猬：

我认为你的遭遇有普遍性，而且越是出色的、有作为的、受过良好教育的年轻人，越容易有这样的烦恼。

说个笑话，有个人，他爸爸是教授，他儿子也是教授，只有他没什么文化；于是他对父亲说：你的儿子不如我的儿子；转头又对儿子说：你的爸爸不如我的爸爸。这某种程度有点像当下三代结构，父亲辈是最无知的那代人，可又没笑话中那位父亲苦中作乐的幽默感，他们往往还最固执。这也是正常，固执极可能是无知的属性。

上一代人多数并没有机会受太多教育，不是他们没能力，而是没机会，老师被斗，学校被毁，青春年华又送到乡下挑粪种田，除了动植物常识多一些，其他一概没有。没有生而知之者，缺乏足够多的书本，再聪明的脑袋都会变成砖块。有位朋友跟我抱怨：父母刚来住，叫人来收点废纸，就那么几分钟，把她的底细全说给人听了，还觉得很自然，聊天嘛，不就是说孩子的情况？这一代人面临的任务就是这么重，不仅要教育孩子，还要教育父母，他们是连隐私观念都没有的毁掉的一代。那些狗仔队如果找到明星的父母们，不知能套出多少独家的消息。

他们的不幸我们当然不用负责任（到底是谁的责任就不

在这里探讨了），只是说明他们类似于“病人”，对他们要像医生，不回避病情，也不谴责病人。

对待父母，有两种错误做法，一是愚孝，一提父母（尤其是上了点年纪），就想着挤眼泪煽自己的情，他们什么错都接受，甚至逼自己生病喝香灰也行。父母的话就得听，这样中国就不会有进步，当然落实到个人或许没有“中国进步”这个宏大理想，只是觉得难受，愚孝必然就要使自己愚蠢，不然操作不了。一个正常人要装作很愚蠢，心理不变态一般完不成。

另一种错误是我们太过焦虑，侵入了他们的空间。表明观点是没有错的，这甚至是两代人关系里的急所，他们的观念来源往往是孩子。你至少可以强调哪些领地是你的私域，不许他人涉及。多数父母不至于让孩子太不开心，来回几次就会收敛。说到私域，那就得推己及人，我们当然以为自己的生活方式、见识理念远远胜过他们——事实往往是如此——因此起了纠正他们的固执，在此时就要提醒自己：别人有愚蠢、低质、无聊、乏味的权利，他人的生活只能由他人自己决定。

具体到你，你公公婆婆的不平等关系、你公公的抽烟劝酒恶习及其无趣的谈话模式，你爸爸能不能挡住你公公的劝酒，那更不关你事了。一列举，发现你焦虑的事情全与你无关，你已经侵入他们的生活了。娘娘不急太监急，这不对，娘娘如何生孩子，这是娘娘不可干涉的主权；太监不急娘娘急，也不对，没鸡鸡的人如何尿尿，这是太监神圣的领地。

保持独立，互不干涉。

祝开心。

连岳

2010年3月23日

人可以从自己的子宫，再生一次

连岳：

再过一个月我就要过24岁生日了，假装自己还算年轻一列吧。

我的父母都是农民，他们是媒妁之言的婚姻。父亲在没有染上赌博沉沦之前也是一积极向上的青年才俊。我爸后来在做钨砂生意的同时也染上了毒瘾，而且情况越来越糟糕，想当然的恶习发展下去后果是很可怕的。

初二那一年对我来说有一件事是我一辈子都不能忘记的。从小跟随爷爷奶奶长大的我，在我比实际年龄晚熟的过程中，对父母的争吵或者父亲在外面不三不四的性关系我都是冷眼旁观的，因为我没有能力去改变他什么，所以从来不想做无谓的表情。可是最终却在我身上发生了让我至今都难以启齿的事情，他居然真是毫无人性地在自己的女儿面前显示他的兽性。我甚至只记得自己当时是在睡梦中的，虽然最终我在疼痛袭来之前惊醒没有破掉那层所谓的处女膜，但是现在回忆这些，自己都觉得这需要足够的勇气才能说出来，我怎能忘记那个黑夜的晚上呢？

那个时候正是我母亲忍受不了在家的日子里他的折磨而随着打工潮南下的时候，而发生了那件事之后，我真的不知道该怎么做。当时觉得自己 12 岁也真的是本来很不懂事还很单纯的年龄，在他平时态度的威慑之下，这件事就一直没有跟任何人提起过。从我 12 岁到现在我 24 岁，整整是我现在生命一半这么长的时间啊。我就这么一直压在这个巨大的阴影中过了之后的十多年。

说到这些，我似乎也一定要提下我妈是一个怎样的人。上初中时，我妈出去打工了。那时候就开始是她养家糊口，掌握着我们一家四口的经济命脉。

我一直以为她干的是老本行跟人家做服装生意，而且她也一直是这么跟我说的。我也明白我妈在外面挣钱不容易，所以好好读书，考大学。只是在我大学毕业那一年才知道真相。

是的，她后来成了一个性工作者，有固定的服务对象，同时还是一个小老板。我知道这些的时候，我甚至觉得以后面对再难堪的事情有情绪波动都会很苍白可笑，因为即使真相再残酷我都必须接受这些已存的事实。

但即使这样，我是真的没有任何瞧不起我妈

或是觉得那个职业肮脏的意思。相反，我父亲那样内心肮脏的人才更让我觉得可怕。

可是，我纠结的是，我现在和他这样的关系，他现在这样的人，还值得我把他当成父亲么？我无数次问自己，我不想去想他曾经对我做过什么，也不想去想他对我造成的影响。可是事实是我确实没有办法隐藏自己真正的情绪，我常常一个人想到这些的时候只能偷偷流泪。我现在甚至因为始终无法克服初二那年他带给我的心理阴影，所以前后交过的三个男朋友最后都因为同一个原因一次次地吹了。

有时候我也怀疑，我是这样背负着一个阴影成长起来的人。似乎很不可思议的是，这居然没有造成我性格上过度极端的偏执。记得以前有朋友评价我说，有时候很冷漠。这也许是一部分事实吧，可是我没有办法告诉他们我的冷漠是因为我经历的事情和他们多么不同，所以当我不会再惊奇而是让麻木成为习惯，已经学会适应之后，除了冷漠冷淡一点，我甚至都不知道怎样的表情才是适合我的。

值得庆幸的是，除了我父亲，我的生活里依然有一些对我不离不弃的人，我的亲人们，我的朋友们，以及现在我要感谢网络给我带来的便利，此时可以写 E-mail 给一个陌生但又凭感觉可以信赖的人，甚至写这么长。

看过一本小说，有一段话的大意是说：恨，是个仪式。天长日久的恨，催生的是一场场血肉横飞的爆炸、浓烟滚滚，生命以一种迅捷的方式分崩离析。但是别忘了，那只是个仪式，仇恨祝愿每一个带着恨意生存的人快乐。恨，始终不应在于摧毁。光鲜华丽地活着，才是最好的复仇。

我想每个人心中都有禁区，这个一般来说只有自己能进入的房间，其中装满的东西平常是不希望别人赤裸裸地窥视的。而我此时背负了十几年的一种恨意，我只是希望能从旁观人的角度得出一点点启示。连岳，我要如何才能不违背自己的内心处理好这样糟糕透顶的关系？因为现在，真相只能伤害人，所以很多事情我只能装糊涂，在人前装糊涂，越装却越糊涂。

迷路的毛毛虫

迷路的毛毛虫:

你的邮件长达 9657 字，我将它删减至这个长度就花了近一个小时，你写它只用了三个半小时，除一下，平均每小时写 2700 字，每分钟 45 字，由此可以想见你情绪喷涌的力量，但愿你写完感觉好一点。

这是目前为止，对不幸最有发言权的一封邮件，在其中，还看到了一个母亲从事了似乎不幸的职业，不幸的是，这看起来还为她提供了逃避更不幸生活的机会。也许，这可以改变许多人的看法，在我们身边，有许多不幸正在上演，因此不要轻易瞧不起任何人，不要欺侮人，更不要伤害那些容易伤害的人，也许她身上承受的苦难你永远想不出来。帮他们固然不是你的责任，可不要成为施害者的一员。

为什么一个人需要爱？为什么整个社会需要爱？

因为爱是最基本的需要。不幸地缺乏爱的人容易滑向更大的不幸，正如悬崖边的人容易掉下去。

心理学家哈洛曾做过一个著名的残忍的实验：他将小猴和母亲与同伴隔离开，到另一个箱子里，用铁丝、金属做了一个假猴妈妈，它的钢乳头提供奶水；同时还用绒毛软巾做了另一个假猴妈妈，几天后，惊慌失措的小猴子开始将感情转移到绒毛妈妈身上，抚摸它、依赖它、轻轻地咬它，只有饿了，才会去金属妈妈那里吃点奶。肢体接触这种爱的要素完全重过于吃奶这种生理需求。

哈洛得出结论：爱是由于接触，而非得到了食物——看到这里，先放下报纸，去抱抱你的孩子，抱抱那位亲爱的人，闻闻今天是什么香水味。

用这么冷血的实验证明爱的主题，受到批评是自然的，不过这不妨碍哈洛成为媒体红人。也不必抗拒他的发现：亲爱的，让我抱一抱你。

我觉得，在这个实验里，几年后出现的情况更为重要：这些与代理妈妈长大的猴子，移出隔离笼之后，无法融入群体了，攻击性极强，出现自闭自虐行为，甚至连本能的性爱也不会了。这让哈洛极为失望（活该！）。爱是无法替代的，柔软的绒布像妈妈的皮肤一样，但它终究不是妈妈，没有她的脉动、她的味道和她的气息。

有人说痛苦是财富，不幸是资源，这些话都只对了一小半，更残酷的真实是痛苦与不幸往往把人给摧毁，就像那些没有母亲的小猴子一样。只有一个人具备能力控制这些痛苦与不幸，它也许才能转化成所谓的“财富与资源”吧！那时，你对人性、对社会的本质有更确实的认识，你有更强大的生命力、更坚韧的意志力。

可是走出来的人并不多，尤其是在一个损害弱势的环境里，马太效应无处不在，穷者愈穷、富者愈富；锦上添花，雪上加霜。

所以，相信自己，依靠自己，活下去，不能放弃，只有力量一直增长，才会慢慢开心起来。学着轻松地爱一个人，也让他轻松，别指望从他身上榨出你失去的所有；学着接受爱情的生灭聚散，分手并不是不幸，也是爱的一种。

人不是猴子，人可以从自己的子宫，再生一次。

祝开心。

连岳

2010年3月30日

剩女心经

连岳：

很不幸，25岁才开始恋爱，如今27岁被归为剩女中圣斗士级别的我，原本只是想写给自己，但我更想听听你的想法。

上段感情结束后，就被亲朋好友拉着去相亲，想想也无聊，就去了，相了三个基本没下文，我如果只是要物质，有一打人可供选择，如果要感觉，那就难了，偏偏我们这些剩女不仅要求物质，还要求感觉，难上加难。

挑几个极品给大家开心开心吧，不是有句话："你有什么不高兴的事，说出来让大家高兴高兴。"排名不分先后。

1号。我家离他家就四站路，约他见面，他说：你家好远，我对你家那里不熟，去了会迷路。×我忍，约了一个他认识的饭店门口见，晚上，于是就轧马路，我说往那里走吧，他说：太黑了，不好。气得我说：放心，我不吃人。轧了15分钟，就拜拜了，第二天，她妈还打电话给我妈说，你家女儿态度不太好……

2号。大冬天的，约我见面，说有时间，出来见个面（对方倒班），好，也不说地点，那就我安排吧，还是在户外，见面了，他也不说去哪，我就随便挑了个方向走，路过茶吧之类的，就跟没看见一样，要是搁我以前脾气，我一定甜甜地说，我请你喝茶好吧。可以跟我喝茶是姐姐我看得起你。哼，我就跟你耗上了，走就走吧，我冷死了，走了半小时，第二天，问我对他感觉怎么样。我回：你蛮可爱的，适合做朋友。就这样一个个没了消息了，好吧，我承认，我是有点挑剔，对方，要貌有貌，要房有房，都在国有大型企业上班，可是就是没办法继续相处，我真的不喜欢闷的人与不成熟的人。

很多父辈的婚姻都与爱无关，然后，有了孩子，自然而然走到现在，大家认为两个好脾气的人在一起就可以过一辈子了，对不起，我知道自己年轻，也任性，我的经历不太多，也就谈过一次恋爱，但还是觉得：你们的婚姻与爱无关，不代表我的婚姻也与爱无关。我只是知道，如果自己都对自己不负责，就更不能指望其他人对自己负责任了。我也知道，当初爱得死去活来，结婚了没几天就离的也大有人在。我记得，前任跟我说，我们不适合。一年多了，才说不适合，父母都见了才不适合。哼！见鬼去吧！我们经理说：谁要跟我们小虎年都处不好，他跟谁都处不好。嘿嘿自夸了一下，记得看过一句话说，爱情里没有什么适合不适合的，只有珍惜与不珍惜。在这段感情中，我该做的都做了，付出过、原谅过、努力过、挽回过、开心过、难过过。好吧，我承认我曾经爱你，记住是曾经！有时候觉得做现代人真的很好，适应能力太强了，自愈力太强了，这才分手多久，就相了N个亲了……

我想说的是，现在“80后”大部分是因为家务的分配问题，以及“80后”的自我个性的原因导致分手离婚。我们现在大部分的人都认为，凭什么我就要多做，凭什么我就要让你，凭什么……过于强调自我的存在价值，我想说的是，婚姻不单单是爱情的结晶，它还承载了责任，也就是大部分人所说的，婚姻是爱情的坟墓，如果听到坟墓你就止步，那你就错了，因为还有一句话：没有婚姻，你的爱情将死无葬身之地！为什么很多人，说分手就分手，说离婚就离婚，可是和父母无论怎么吵就算离家出走，也有一个转身就可以回到的原地，因为没有经过婚姻而转化为亲情的爱情，最终都会消散。有的人的爱是自私的，爱的只是他自己喜欢的一部分而已，所以这种爱情，没办法转化为亲情，只会腐烂掉，变成坏掉的亲情，家变成旅馆。婚姻中的爱是互相的，不是单一的。

祝大家新的一年喜气洋洋，虎虎生威！

虎年

虎年:

我一直不太认同“剩女”这种说法，不知是男人还是女人发明的，现在看来，女性反而更爱用。“剩女”（刚发现五笔输入法里有这个词组了）隐含着一个前提：若在某个时间点，没有一个男人来领走我，我就贬值了，过期了。

这像是一件商品，上面写着保质期。这类似于原来女性有为男性保留处女膜的义务，处女膜无法形成压力之后（谢天谢地，这个社会还是有点趋向于文明的），就将压力转移到年龄（这点女性更容易认同，大多数女人愿意在最合适的年龄找到人结婚，有某种急迫感），女性一自我复述“剩女”，责任好像就在女性了——商品为什么会过期？那还不是质量不够好。

有些男人像你一样，27岁，找不到女人，脸都急绿了，可是却无法流行“剩男”一词，他的心态并不淡定，每天孤枕难眠，春梦频发，电脑硬盘几乎都托付给了A片。整个社会为什么认为他们不应该急（他们自己是急的）？那就是源于这个心理暗示：这个社会是男人的，会有大把女人供你选择——你看，不是有许多剩女吗？

按照实际的统计数字，中国是个标准的“剩男”国家，因为新生婴儿中男婴的比例远远高于女婴，这种状况持续时间已经很长，数量庞大的性饥渴男性已然存在，偏爱男婴的中国父母们，发现他们的儿子已经找不到一个女人为他们生孙子了。大规模的性压抑是潜在的巨大力量，小至性暴力犯罪，大到社会动乱。你看，男性已经这么惨了，你还好意思提什么剩女呢？

从简单的算术角度，如果政府想来解决男女问题，一男配一女，那女的还不够用，有些女人还不得不重复分配给多个男人。很多人认为政府无所不能（尤其是政府里的人），可是这么简单的活为什么没有做呢？那省却多少剩男剩女的烦恼啊。比如你，带上身份证，来到民政部的一个办公窗口，递上申请：某女，27 岁，已过婚配年龄，申请男人一名。里面的办事员打开电脑一查，好，某地某男，也已成年，于是给你开个证明，盖上公章。你来到此男家，亮出证明，他就只好哭哭啼啼进洞房，乖乖脱了衣服等着。

你愿意吗？我想并不愿意，因为这样极可能碰上你文中所描述的“极品男”。再霸道无知的政府都知道，爱是最不能标准化的个人事件。

这就是说，剩女只是一个伪问题，有人迟迟不嫁，那只有两个原因：一是不知如何谈恋爱，二是不放弃自己的恋爱标准。

第一个问题好解决：找一个人恋爱。

第二个问题也好解决：恋爱到那个符合你标准的人出现。

这两种解决办法都没有时限，作为人，我觉得什么时候恋爱都可以，你的保鲜期直到你死的那一天。

这两种解决方法还有一个共性：学习爱的方法，不仅从自己的实践中，还从你身边的那些爱的例子当中，如果你身边只有恨的例子，那就学习和他们不一样。

祝开心。

连岳

慈善性爱

连岳老师：

我有男朋友，他在外地读研，今年就该毕业了，也已在我上班的城市签了就业合同，可以说他一毕业我俩就可以正式结婚，过我们的幸福生活了。

但，去年八月底我同事的老公和我好上了。我的同事是我的好朋友，我们经常在一起，我们对彼此都很好，我从来没想到，有一天会当小三。她老公八月底第一次找我，就告诉我说他喜欢我（之前也见过他，大家在一起玩过，是和他老婆等人一起），我当时拒绝了，因为我不喜欢他，更重要的是我还有理智,还有道德。之后也拒绝过他几次。

直到有一次，我俩单独见面，他向我诉说他和他老婆婚姻的种种不幸（其实我是知道他俩的婚姻不融洽的），且黯然掉下了眼泪，这不是装给我看的，我能体会到他对他老婆以及婚姻的失望。他是一名干警，据我所知，他是一位很坚强的男性，并且顾家爱孩子，他们有一个可爱的一岁多的宝宝。但是他跟老婆却总是吵架，甚至打架，吵架吵得凶的时候，我同事甚至会烧房子、跳楼……即使这样，我的同事还是爱他的，她对他的爱，我是能体会到的。但是我千不该万不该，一时失足和她老公走到了一起，我们背着所有人，一周见一到两次面，并且有了亲密关系。

去年底，我同事知道了我俩的事，对她来说这是晴天霹雳，是我的另一个同事告诉她的（之前，另一个同事看出我整天郁郁不乐，我也就告诉了她一些事情，但没有告诉她我俩走到了一起），后来我的另一个同事，就把事情撇干净了，说她什么都没说，是我同事自己发现的，我没有追究什么，因为事情早晚会曝光。之后她就开始和她老公闹，同时也在我们单位聚餐时，当着领导的面公然骂我婊子、贱人。我知道我做错事了，什么都没说。后来是她老公告诉了她我和他所有的事，包括发生了亲密关系，甚至还让她看了我俩的视频，并且让我没有想到的是，他告诉她是以前大家在一起唱歌的时候我用眼神勾引过他（这是对我的诬陷），所以他才开始找我，要跟我好。这都是后来我同事告诉我的。

我目前最牵挂的就是我的同事，同时我也生活在煎熬、自责当中。我知道做错了，我也想她能过得好，想弥补，可是根本无从下手。她现在的情绪只要稍微触碰一下，就会爆发，今天上午她还给我打了电话，说她恨我，恨死我了，永远不想见我（我们是同事，她的意思可能是想让我离开单位），并且说她现在控制不住自己的情绪，只要一想到我和她老公在一起的情形，就会发怒，我当然能体会到这种情绪，换作任何人，都会生气的。她说她要报复，让我没有好日子过，因为是我先让她没有好日子过的，凭她以往的作风绝对会做出出格的事情（这让我担心）。今天上午还告诉我说，他俩前两天又大吵了一架，并且又打架了，之后就离婚了（他俩吵架打架我信，但未必离了婚），都是因为我们这件事情让她失去了婚姻，她痛苦，她绝望，她恨我。

说实话，当初我是在一种很混乱的情形下和她老公走到了一起，这之中可能包含了情色，对她老公的同情与自我的愚昧，我没真的想搅乱他们的婚姻，因为我有爱我和我爱的男朋友。我就是这么一个自我矛盾的个体。这件事情也让我认清了自己的不足，但是代价确实太大了。或许我从此就失去了工作，失去了男朋友，失去了家人对我寄予的厚望……

连岳，我该怎么办？如果我同事把一切告诉了男朋友我还有挽回的余地吗？我是否应该主动先向男友坦白？

我该怎么对待我的同事，才能抚平她的伤口，为了她，我会用尽我一切的努力的！

芳

芳:

一直说爱情是自由选择之一。

生活不是数学，很多东西没有标准的答案，你的答案未必适合他人，他人的衣服你可能不合适。自由选择最终指向最合适自己的方式，而不是根据他人的判断。不得不说，自由选择权的选项包括抢好朋友的老公。

个人普遍自由选择下的爱情状况会更好，总的来说，更多人找到了自己真正喜欢的人。它反而并未出现那些令人恐惧的状态：稳固的爱情消失，女的全变成淫妇，男的都成了奸夫。人们的理智在选择中起到了更大的作用，非理性的成分相对降低。如果回归到人的兽性（以男性为例吧）：他多半是想得到更多的交配机会，跟他看上的女人们都有关系才叫幸福。这种白日梦就是做梦者也会觉得荒唐，不指望它能实现。

为什么呢？这就是人的理智在起作用，爱情就是由理智指引到达的交配。它能判断出某种自由选择的可行性和成本高低，可行性太低，成本太高，这样的选择就少有人做。

比如像你一样与女友的老公发生“亲密关系”，那成本很可能就像你面临的那样被当众辱骂，友情破裂，自己的形象受损（至少做好这个思想准备，就像做生意有止损概念一样，不能指望每个人都有风度），还好，看起来你的抗击打能力很强。

但是，你的痛感不明显可能并非出于周密的考虑，而是对现实太过乐观。在单位聚餐时，你已被一个曾经是好友的女人骂为“婊子、贱人”，那么，相信我的判断，也请相信人性中八卦与残忍的一面，这一切都会飞到你爱的男朋友耳朵里。不夸张传播你就得感谢他们了。所以从策略上，你还是主动告诉男朋友为好——这也是为自己做的事负责任。当然如果他一定不知道，那又另当别论了，我认为爱情不是审讯，只有自己知道的事情，还是少说为妙；互相盘问的爱情，我也认为是比较糟糕的恋爱方式——你主动说，有两个好处：事后再辩解、澄清，你处于守势，男友更不容易相信你；男友从你这儿首次听到这事，我觉得他会认为他更受尊重（这句话听起来有点怪）。至于他会不会原谅你，你们的感情能不能挽回，那只有天知道了——这也是成本之一，你以后在做选择时，这点要考虑进去。

无论能否挽回，经过这事，有些保护自己的技术要学到：不要和他人分享自己的外遇，对同事说尤其危险，同事若也认识当事人，则百分百要踢爆你的秘密，除非你是那种思维器官在嘴上的人，明知这一句话要将自己害死也忍不住。更重要的是，不要被太低端的男人骗，男人装装可怜，用自己“不幸婚姻”的几颗“黯然”眼泪就让你和他发生亲密关系，难道世界上存在着这种慈善性爱吗？男人若无法证明他有价值，有值得你爱的地方，则不宜爱他，有着“不幸的婚姻”显然并不是一个人值得爱的证据。

祝开心。

连岳

作为药的小三

连岳：

你好。我和她在一起一年多了（当然时间不是问题），我是学生，她是我的大学老师，她结婚了，按照世俗的观点他们应该很幸福；我和她认识了差不多三年了，开始是在最后一年；当初我问她为什么和我开始，你们不是很幸福吗？她说我也不知道为什么和你开始，我应该是很幸福的。

和她在一起的这一年里我们两个很开心，达到了“两个人在路上默默地牵着手也会很开心”，她是骗了她老公才和我在一起的，所以从一开始我就很介意他，但爱情的甜蜜，交流的畅快，性爱的和谐（每次进去她都会颤抖，我也是）……让我暂时忘了他的存在。在我们三个矛盾全爆发后她又开始选择了他，她跟我说：“我们在一起14年了，一开始我们很开心幸福的，可不知道为什么，也许是因为他工作忙少关心我才会导致我出轨的吧！他是我第一个男朋友和老公，放弃了很可惜！”她是我第四个女朋友。

她老公，知道这事后狂追猛打，送过一百多的花（我送的都是街边的盆花，几块），送她去学校，或者半夜跑到学校送点吃的给她然后走回去——他们家单程一小时——她对我说，在对她好这点上我不如他，我也承认。记得她说过：“有一次我们去逛街，店里刚好空调坏了，我又在试衣服很热，他会在旁边拿个扇子帮我降温，他真的很爱我咯。”如果是我的话我会给她个纸巾；他们试过一连两个月都没有做爱，大概一个月也就两三次，我们一天都可以达到这个数（就像你说的，我想占便宜不给钱）。

我不明白放着这么好的女人不去爱，那还娶她回家干嘛。忘了跟你介绍她了，比我大九岁，相貌一般不算很好看，75分吧，身材一般，研究生毕业，工资中等；可我觉得她是世界上最好看的女人、最性感的女人、最有才华的女人（这么说能挑起我的性欲，然后我们会有一场畅快淋漓的性爱）。

她说我的优点是“懂我”“性”；他的优点是他爱她超过了她爱他。而和我在一起时觉得我们相爱。他对她很好，很包容她（连这次出轨他都能忍受），他有家庭的责任感、父母的认同，还有最大的优点：有钱。这也是我最大的弱点。她说：“两个我都爱，可是把你们放在一个天平上，他的筹码多点，而且我放不下他，看到他难受我会更难受，看到他开心我也会很开心。”所以她选他，我曾经问过她什么时候会选我，她说：“如果我将来很不开心，或者他放我走，我就会选你。”或者假设几种情况比如她是武则天，我们两个当男宠；地震了他和她都没死；或者他出车祸了，她就会选我了。每次她和我在一起的时候都想和我说：时间暂停吧，我们就幸福了。

和你介绍她老公吧，有楼有车，比我帅（她说的，我不觉），比她大六岁，能给她安全感。对于他她是确定的，对于我她是不确定的。

我真不想她走，我介意她软弱，介意她不会做饭，介意她没有梦想没有原则，介意她生不出孩子；可我为了她去学做饭（特意买了本菜谱，做的还不错），和她说世界上的伟人有很多都没有后代的，变得坚持弥补她的软弱，和她分享我的梦想我的原则。记得我家里人知道了她比我大有可能生不了后极力反对，为此我和家里人闹翻了。

我该怎么办？

猪猪的小三

—

连岳：

你好，我就是故事中的她，不是偶然，我们约好给你写信的！

老公对我很好，当然我们还没有孩子，但是我老公有时候不太懂我，和我理想中的还有一定的差距，有些时候觉得现在看似美满的生活不是我想要的，因为它千篇一律，没有激情，我几乎能看到十年、二十年后我的生活模式是怎么样的。

当然大多数人会说这不能成为你出轨的理由，是呀，但是事实是我出轨了。

老公知道后，很难过，有天他和我说："这个世界上你最爱的，最信任的人背叛了你，我还能相信谁呢？"当时我们两人都是泪如雨下。我不忍，不忍心看着他整夜失眠，不忍心看着一个四十岁的男人在我的面前哭得像个孩子，那时候的我，真的是纠结到了极点。为此，我们去看了心理医生，心理医生给我们的建议是给彼此一个机会，毕竟这么十多年能走在一起也不容易，在心理医生的帮助下我也意识到我和老公之间还是有感情的，不然我也不会这么纠结，但是不是说爱情是排他的么，我为什么却能同时爱他们两个人呢？老公就像我的亲人一样，已成为我生活的组成部分。而他呢，给我的最大启发就是让我明白自己真正需要的是什么，他为我打开了一扇纳尼亚王国的大门，让我知道世界上还有如此美妙的世界，这是我以前从没体会过的。心理医生曾经问过我，在我的心目中，他是个什么形象，我认为他就是我的一个引导者（虽然他的年龄比我小这么多，但是他完全可以引导我，不论在思想还是在性上，有时候真觉得他是个天才），心底深处，一直认为他和我老公的结合体就是我的最爱，抑或我最爱的只是自己？

一个自私的女人

两位:

第三个人没有来信，不然我可以更轻松，一个字也不用写，将三封邮件呈现出来就行了。

在争夺这个女人的战争中，那个男人才是最后的胜利者。

小三往往没有力量拆散婚姻——如果婚姻中的两个人仍然珍惜，并且有匹配这种珍惜的能力——在小三出现以后的愤怒及随之而来的惩罚与报复，才是小三致胜的第五纵队。

小三事发后，绝大多数是出轨的一方理亏。为什么不是全部？在极度不幸的婚姻中，比如虐待，一方拒绝履行性义务，那么，出轨并无不当。占理的一方，无论是否想维护关系，在我看来，反应模式几乎都是错的，他们往往诉诸公众（亲友圈、对方工作圈、甚至毫不相关的公众舆论圈），将自己受害悲情放大之时，对方的形象也完全败坏，失去回旋余地，羞愤之中，要么反击揭短，以寻找自己的同情票；要么迅速解散婚姻关系止损，希望自己更快地重新开始。两位提及的第三个人，这位丈夫，如果反应也如此老派无能，那么，选择就不难了，也不需要给我写邮件了。

婚姻的矛盾及修补，放在家门之内，私事不烦公众，这不仅优雅，还是高明的手段，这就像谈判不能撕破脸皮一样。当然，我们看到这世上许多谈判，就算以国家的形象出现，也是流氓战法，以为骂了最后一句就算赢。不过婚姻总是我们自己的，不能赖在没有好榜样上面。对人的尊重也得从自己内心流出，而非外力强加。

有人已经不爱，她有了小三，原本可以顺利交接，可偏偏不，要抓她在手里，你要走，我偏不让你走，这是恨。有人仍然爱，她有了小三，原来可以警醒，可偏偏不，却放大自己的弱点，以怨挽留爱，用火来解渴。

恨有太多的喝彩，我们作为板砖大国，有足够的武器砸死奸夫淫妇，这位以爱来挽回爱的丈夫，很罕见吧？在一个婚姻众生相普遍难看的地方，他告诉你爱才是爱情的核心，只有继续爱，才能留住自己爱的人，尤其是在她有小三的时候。小三无论男女，有正室所不具备的优点：年轻、新鲜、姿态低；正室在家一发飙，刚好和小三做个爱发泄。受害者一点赢面都没有。

有病的人，会吃药。你知道他是病人，就会多照顾他，至少不要加重病情。婚姻有病，小三就出现了，这位聪明的丈夫知道小三是药，于是更多地照顾自己的妻子，虽然被最信任的人背叛，可反应是送花、花更多时间陪老婆，这样小三反而没有赢的机会了，只能以婚姻的药渣退场。猪猪的小三，你不是对手，我建议你还是认输离场吧。

未必每个人都能像这位丈夫一样理智，只不过这个例子说明，越是理智，越能作出对自己有利的决策，自然更有能力维护自己的爱情。

祝开心。

连岳

爱需要的审丑

连岳：

我现在在经历着一场“非典型恋爱”——婚外恋，我婚龄8年，有个可爱的女儿，和老公无论从肉体还是精神都比较契合，我们生活得很平静，虽然平静，但我喜欢，我没想过要改变，也没想过来点激情刺激这种平淡，直到我认识他。

我和他在一个QQ群里认识，群里面有太多的痴男怨女，因为我的活泛，因为我总是能比较理智客观地看待情感，因为我偶尔地幽一下默，所以总是比较吸引群友的眼球，可能，他也被我吸引吧，于是他退群加了我。

他给我讲他的感情经历，讲他的爱人的恋爱故事；讲他爱人不太懂得与他的父母相处，让他倍感神伤，觉得自己不孝，有时会在夜深无人的时候，流下眼泪；讲他感情出轨，他的婚外情人……在讲他的这些故事时，他没有指责他爱人的过失，他总自嘲是缘于自己男人身上的劣根性。原来我也只当听故事，有时会宽慰几句，只是慢慢我们的话题越来越多，从感情到生活，再到其他……

男人，一旦喜欢上一个女人，就想占有吧，于是他虚晃一枪，我装疯卖傻；他兵来，我将挡；他水来，我土淹……他说他和我之间就像动画片里的猫和老鼠，总是相互逗弄，却没有实质性的行动。可是又能如何呢？毕竟我们互有家室，我跟他说，如果我和老公在一起有 80 分的快乐的话，跟他在一起就有 90 分，但我总不能因自己 10 分的贪欲，去伤害更多的人吧？对他而言，如果我们肉体上结合，就算互相拥有了一方，了无遗憾了。可对我而言，就算肉体上互相拥有了对方，但不能在一起生活又何尝不是遗憾？即使我们把房子、财产都给各自的爱人，我们俩净身出户，重新来过，我能承受，他也未必能接受。与其让对方被自己的重情厚意给雷晕，倒不如让自己显得无情无义而又随意。

连岳，记得你说过："把珍珠送给猪，它并不会珍惜，只会踩在自己的蹄子下；把鲜花送给羊，它不会陶醉，唯一的选择是把它们给嚼烂。"是啊，有时你认为的美好事物，在另一个人眼里却毫无价值。珍珠在猪的眼里无非是一粒有点闪光的小石子儿，鲜花在羊的眼里与草无异，只是填饱肚子的食物。也许我们俩本身就属于风牛马互不相及的两个世界，爱情发生了，谁也怪不得谁，正如一个痴情女子对一个花花公子哥说爱情，无所谓谁对谁错，只是两者的世界观和价值观不同。而我要做的就是要表对意，示对情，酒逢知己饮，女为悦己容。

连岳，一直以来，我以为自己面对感情冷静理智，也以为自己可以抵挡足够的诱惑，可是现今我才发现，我自己也不过是凡人一个：七情六欲我有，贪欲我也有，虚荣心我更有……我喜欢被他重视，喜欢他逗我笑，喜欢他陪我聊天，喜欢他说他喜欢我。我跟他说我们做朋友吧，他一下子对我淡了下来，有时我知道他在线，却对我隐身，我不禁心中有种重重的失落，可是我能要求人家什么呢？我不是人家的爱人，也不愿做人家的情人，哪个男人愿把时间和精力耗费在一个努力而又不得的女人身上呢？

原来憨睡如猪，现在却偶尔会失眠；原来天天乐乐呵呵，现在却偶尔在无人的时候会流下眼泪；原来我以为，除了老公，我心里不可能再有别的男人，却不曾想，我现在会不受控制地去默默地想一个人。而这段感情唯一让我感到欣慰的是，它让我更清醒地认识到自己：我还年轻，我还有激情，我还有爱的能力。我身边的朋友说我变得比以前漂亮了，皮肤好了，呵呵，可能是爱情的力量吧，她们却不知是因为婚外爱情的滋润。

连岳，聪明如你，冷静如你，睿智如你，我只希望你能好好批斗批斗我，我期待更强烈的暴风雨，因为，我得让我的荷尔蒙衰退，我喜欢睡觉，想回到以前憨睡如猪的日子。

祝你我和大家都开心。

真水无味

真水无味：

真善美，这是常挂着的三个字，当成满分世界的标准。

真与美有时会冲突。美很多时候和假更亲密。希特勒的纳粹美学，后来有不少人花大钱模仿，也无法及其十分之一。有多少德国青年是因为壮丽的纳粹冲锋队游行而深信希特勒的种族隔离学说？

在一个真实的环境里，大人物反而无法成为神，在大众挑剔的眼神下，他的身形与普通人相仿，权力欲的实现也必须付出代价，忍受舆论苛刻批评。这里没有壮丽，多数时间只有平庸与乏味。

有位作家说过，如果你想写长篇小说，那就得把多数文字搞得平庸一点，这样美妙的段落才会显现出来。这个文论我不太同意，不过挺契合现实生活：莲花不是出淤泥，未必就那么美；每天把阈值调到最高，比如最高时速三百公里，你就得跑这么快，一夜七次郎，你真得夜夜六次后还要再来一次，那么速度与快感都失去了意义。

知道平庸或者丑是生活中的常态之一，这可能是美存在的基础。自由言说是一种制度之美，它却建立在诸多恶心、无聊和恶意的话语之上；人人都有决定权，这是当今世界多数人喜欢的选择模式，它却得照顾多数人的偏见与迟缓；与所爱的人相守一生，为了这个爱情的终极追求，你就不得不接受他的不足。

我觉得许多人会有你的困扰：我爱他，他似乎样样不差，80 分，可为什么我若有所失？为什么我的心思全在那 20 分上？这就是阈值调得太高，将想象设定在 100 分，以为婚姻和一切美好的东西，都得是满分，这样自然只会得到失望。

单纯从数字上看，一夫多妻、一妻多夫、多夫多妻都是解决办法，这个人身上取 40 分，那人身上取 60 分，总量就得了一百分。

实际操作起来，难度就太大了。参与者个个同意，这很难，结果得了 40 分，却丢了原来的 60 分，白忙一场；就算人人都同意了（或者你有本事瞒住那些不同意的人），你的经历证明两人的要求可能并不吻合，两个人寻找的温暖不同：你喜欢聊聊天，被重视被喜爱，情趣高雅；他说到底，想的是占用——我没理解错的话，应该是——你的肉体。我不认为这里有谁高谁低，婚外纯情与婚外肉欲都是婚外情的选项，对吧？如果双方没有“我们是在玩婚外情”这个共识，他想上你，那就是流氓，报警就是了，不会来问我。

你或许可以一直找下去，直到完全合拍的人出现，比如吧，一个只想和你聊天的性冷淡男人，或者，有一个人魅力大到你愿意付出所有的成本。婚姻的开放性，有时只是保持这个可能，不真玩，就足以使双方戒慎恐惧，不至于放松得太丑，忽略了对方的感受。危机的影子，在功能上多少有助于防止婚姻的一潭死水，但要知道影子的轻，别当重物牵挂着，尤其老公还能考80分。

祝开心。

连岳

2010年4月6日

扔硬币决定也可作为开始

连岳：

同事 A 对我突然表白。他是我喜欢的类型。没有太多考虑，我接受了他。有一天，他问起我的过去。我像很多女孩子一样，傻傻地告诉了他，我有过男朋友，发生过关系。于是，A 开始郁闷。但我们依然交往着。直至发生了关系。当时，我天真地以为，他愿意和我发生关系，就是完全彻底地接受了我。可是，后来我才发现，他的处女情结有多么的根深蒂固。他是个很传统的人，而且他之前没有过女人。他对于这件事情的介意，在后来我们一年多的交往中，一直是我们争吵的焦点。甚至有一次为了这件事，说到了天亮。

我已经和前男友彻底了断，不再有任何联系，只要 A 不提这件事情，我甚至都不会再想起我的前男友来。但是，他无法让自己从阴影中走出。因为在乎，所以在意。

于是，我们做出了一个很荒唐的决定。两个人都相亲去，如果有一方找到更好的人，那我们就结束，如果两个人都没有找到，那我们就继续。限期是去年年底。

我心里面放不下A。经常，星期五晚上还和他黏在一起，星期六就去和一个完全不认识的人相亲。我们每次相完亲，还会彼此交流一下相亲的感受。这样的相亲结局其实从一开始就注定是失败的。

去年8月份的时候，我认识了B。B各方面条件和A差不多，工作不错，长相过得去，脾气也随和。只是我和他的距离有点远，虽然同在上海。于是，就和他不冷不淡地交往着。周末的时候会和B一起吃饭、逛街、看电影。和他也能聊得来，但是没有恋爱的感觉。我让我爸分别见了A和B。我爸不喜欢A。原因：

1. 他太在意我的过去了，我的过去对于我们之间的关系就像是一颗定时炸弹，随时随地就会爆炸；

2. 我和他是一个单位的，在这种机关单位里，两个人注定有一个是要牺牲的，没有前途了，他比我强势，那么我就默默无闻了；

3. 我的牺牲，他会认为是理所当然，因为我不如他优秀，所以，哪天他发达了，对于我的牺牲他不会有任何的感激，反而有可能嫌弃我，因为两个人有差距了。

我爸喜欢 B。说 B 的性格好，对我又很好。

A 的处女情结依然存在，我们还是会为这件事情争吵，但是吵的次数越来越少。A 自己也说，他已经不像刚开始那么难受了。觉得我是真心喜欢他的，也没有对前男友念念不忘。而且，他相过那么多次亲，也没有找到比我更好的，其实我是个挺不错的女孩子。何况，我和他在一起一年多了，他已经习惯了。如果哪天我真的离开他了，他都不知道该怎么办。

在我爸妈的要求下，今年元旦，我把 B 带回了家。A 也知道这件事，他说带回家也好，让我爸妈更多地接触 B，也许就能发现 B 不适合我。B 去了我家后，我爸妈当然喜欢。没有一点反对的意思，还催我早点和他结婚。

和 B 交往了八个多月了，至今没有培养出恋人间的感情。聊天吃饭逛街都没有问题。但是如果要像恋人那样有进一步亲密的举动，我就会很难受，很抗拒，很排斥。A 的身影立刻会出现在脑海中。我承认，如果不是因为 A 的存在，我也许很快就会和 B 结婚了。

最近，和 B 的关系开始紧张，我对他如此冷淡的态度，让他受不了。对于他来说，如果是一个他不喜欢的女孩子，只要女孩子对他好，他不讨厌，他都可以很好地接受，可我为什么就那么难以接受他呢？B 当然不知道 A 和我之间的关系，他一直认为要么是我对感情要求太高了，太追求完美了，要么是我对男人就没什么兴趣。B 好几次想放弃，但最后还是坚持下来，尤其是在去我家之后，他说要对我负责，不可能说放就放了。

我已经去看过心理医生了，他给我的建议是和 B 冷处理，但也不要说得太决绝。和 A 先公开，看看公开后会有什么样的变化。但是我没有勇气去尝试他这个建议。

小雨

小雨:

先说一个好消息。我挺欣赏你自称的“荒唐的决定”，双方规定时间内各自去相亲，没找到更好的，两人团圆。这既可以搁置争议，又在扩大交往的同时增加对比度，打磨掉无关紧要的东西。人在紧密的空间，就像拿着显微镜，美人脸上也全是坑，细节变粗，慢慢无法承受，像你们这样通宵讨论处女膜问题已经属于隆重了，有不少夫妻仅仅因为拖鞋摆放的流派不同就会大动干戈。

适当分离是有好处的。小别胜新婚，除了性欲的累积之外，还有另一个功能是软化双方身上的刺。

这种不惧怕“荒唐”，找出有利于双方的解决方法，在情感关系中，是很有用的技术，它某种程度上打破了思维的误区，也还原了情感的技术成分——它不是可闻不可捕捉的香味，而是制造香水的蒸馏器；它不太可能是你写的多义暧昧的诗行，却是一本语法书——感情总求助于玫瑰与情书的浪漫主义是不够的，它还需要工具箱的实用主义，这两者结合，能想出许多有用的“荒唐”，这有助于化解感情中必然会出现的危机。

再说一个坏消息。你们“荒唐的决定”也许只成形了一半，这并非深思熟虑后的理性产物，却是思维偷懒后误打误撞得到的结果。这点并不丢脸，我们往往就是因为幸运地尝到新方法的甜头后，把偶然变成了必然，将事件抽象成规律了。

这其中的转化需要一个人的决定能力。决定就是在多种可能里的选择。女性由于有购物经验，善于挑选出性价比最好的那一件商品，可惜多数人不知道挑人如挑物，得到一件实物的最后必定是放弃其他可能。当然，女性朋友会辩解，人生购物一万次，找老公可能就一次，无法比呢，所以面对选择，迟迟下不了决心。可我也得提醒的是，人终究不是物，他是会走的，你不选择，最后就会成全你，让你无机会选择。

你的A男与B男，各自的优缺点你也明了，自己内心的情感也不算模糊，可惜的是父亲让你选B，心理医生让你选A，又把你放在中间，让你自己决定。这封给我的邮件，是不是为了让我的建议出现后，让一方的票数领先呢？

我当然不会替你选，因为我会像前面两个人一样，替你选中一人时，你的心思却移向另一方，这两人在你心中太平等了。你有你自己的选择，你才不会退缩。因为他们两人难取舍，所以选谁对你来说都不会失去太多。你抛个硬币吧，正面A，反面B；若觉得不够隆重，抛三次、五次，乃至九次（别再多了，不然优柔寡断的你会抛一亿多次的），谁更受概率垂青，你就挑谁吧。如果你是有神论者，就去问问你的神。学会做决定，接受决定可能带来的风险，接受放弃会流失的福利。

祝开心。

连岳

2007年4月13日

没有快感，要不要叫给邻居听

亲爱的连岳：

我想试试看我能不能用文字描述我的困境。

小时候父母很忙，我很独立，很早就知道孤独是一生的朋友，在父母无尽的争吵中（因为父亲好赌，而母亲强势不饶人）长大，我不习惯和他们诉说我遇到的问题，很能保守秘密，撒谎不脸红，这是我长大的家庭。

我转学进入中学以后，新的人让我觉得阳光。第一次对男生有了留恋，现在我当然知道这其实是我在少年时孤绝的环境下的自我抚慰，并不见得是爱，但后来的十几年里我一直想到他，并觉得温暖，虽然当时的这些人都已经形同陌路，毕竟我不是和他们一起长大的。

我的读书生涯很顺利，有点小聪明，最后却读了个很后悔的专业。上大学后我对读书没有了兴趣，还好没有放弃自我教育，会翻墙，会求证，对曾经相信的权威，有了理性的判断，对年少时长久的孤独而形成的黑暗，虽然花了很长时间，但终于慢慢释怀了，现在也算是有点健康的人生观吧。毕业之后工作颇多波折，上一份工作待遇不错，但是因为一心回家结婚，得到了现在这个怪异的工作。因为是长辈的介绍不好草率(离开)，但这里管理混乱、路途遥远、我的职位工资少而没有发展空间，甚至不需要和太多同事接触，连伙食都异常恶劣，常常觉得胸闷。我怕频繁跳槽的结果是一次不如一次，而且工作难找，居然也在这半年多了。有时候也会觉得我现在混得太没面子，但我对物质条件也不过度追求，暂时还算安稳。

而我的困境来自于我的婚姻，或者说，既成婚姻。

我和先生相识十年，同学、朋友、同事都做过，相熟而搭调，都还算是有趣的人，我熟稔他的过往情史，太了解他，我只能说如果最后自作自受也是活该。他的前前任女友说明，以他家的经济条件（单亲，他妈妈的能力只是能把他养大）难找到一个个人条件好的本地姑娘；前任女友的教训是，要培养出一段坚定的爱情需要多少心思，而他的缺陷恰恰是懒，不愿意做任何费力的事，不管是身体劳动还是讨好别人。所以挫败之后选了我，他当然感受得到我对他有心，也明理懂事，还算有趣，所以接受了我不够出色的外表。这我一开始就是知道的，虽然他不是这样明确地告诉我。虽然我也纠结，难道我不值得得到一段全心投入的爱情？但也到底是垂涎他的，就这样发展到了现在。

半年前我们一起买了房子，因为买房子就领了证，也住在一起。我们的相处是轻松愉快的，他也算幽默体贴，小小懒惰我也可以接受，一切似乎不错。但事实上我们并没有正式的性关系，以前是没有成功，后来就说慢慢来，会有一些亲密行为，而自我们同住之后，亲密行为都没有了，简直像是老夫老妻。确实因为我没有经验，可能第一次有点难度，但是有多难呢？我暂时还不认为是我生理有问题。但他从不沟通这件事，我试图提过一次，他只说太累，我说如果你不想要，也该和我说一下，但后来依然如此。这件事是我心里的一个疙瘩。

另一方面是，我虽然明白他对我没有那么强烈的爱，但也会觉得委屈。从我们确定关系、见家长、买房子等大事，都是我要求之后才有的，不知道是懒惰还是他根本不想面对。现在我家婚期已定（我们这里是两边各办婚礼的），他们也都确认了，而他们家的婚期却没有任何说法，我曾提过，他们也风风火火讨论了一下，然后，一切如旧，没有任何确定下来的东西。

将来还有个问题，孩子。我并不是不愿意有孩子，但现实的社会让我没有生孩子的信心，对于他的耐性等，我也没有信心。他并不喜欢孩子，却认为将来总要有个孩子，多奇怪的理论。人家问他，他会说28岁之前不考虑孩子问题，我不是反对这个，但他没有问过我，似乎他要生就生了。

他曾说过他决定结婚后，是不会离婚的。而我，我真的不知道我们会走到何处。

我对婚姻和伴侣并没有贪图什么，我知道只能要求自己，不能要求别人。我不是个理想主义者，我愿意修修补补过一生。我们最后能顺利结婚，如果我不反悔的话，这我还是相信的。但是其他呢，这些问题最终会化解还是爆发呢？

乙小姐

亲爱的乙小姐:

今天在微博上写了一句：凡说性爱低俗、金钱铜臭者，慎交。

就以这句开始吧。一个社会，到底要虚伪到什么程度，才会将性爱污名化？而一个个心眼只填着蝇头小利的人，要掌握多么老练的两面派演技，才能清脆地说一声：我不在乎钱？

我非常喜欢袁伟时先生说过的一句话：知识分子在当下，要做的两件事，无非是：发声、发财。我每次转述袁先生的话语时，都有人愤愤不平，觉得这失了知识分子的格调，似乎不穷不足以证明自己有知识。如果你是经济上的失败者，它就会让你的独立丧失，知识分子就更不容易履行自己的职责去当一个批评者——寄生的蛔虫，怎么好意思批评肛门？

上面说一堆的意思是，不诚实是我们这个社会最重的病，从精英到草根，都对自己真实的欲望怀有恐惧，以为承认了架子就垮了。

爱情必受一个时代的观念影响，它一半属于精神产品。这个社会的风寒自然也会让个人的爱情发冷。

我同意你的观点，爱情需要磨合。正如建筑师安藤忠雄说的，人生在二十岁时确立目标，到四十岁左右才有力量做事。爱情也是如此，两个相爱的人在二十多岁时结婚，美好中带着各自的棱角，十几二十年以后，磨滑了，外圆内方，会更美好。

磨合、修补的前提是有东西可磨合、可修补。当然，极端的例子不在考虑范畴，因为婚姻的质量低，许多人的父母就是不可磨合硬磨的婚姻样本（我不知这引发了多少婚姻恐惧症），他们互相仇恨、互相侮辱、做爱时间趋近于零，而吵一次架却可长达几小时，有人说，你看，到老了，他们也温和了。我倒觉得原因是生物性的，年老力衰，想吵也吵不动了。再说了，“到老了就不会吵”这种男女关系，比冰更冷，比火刑更热，是缺乏爱的惩罚，不是爱的奖赏。

你和他没有性，他若无能，是你的悲剧；他若有能而对你没任何兴趣，那你是被侮辱的悲剧。这种关系，就无修补的可能与必要，轮胎换了，车灯亮了，油门也召回过，座椅也是真皮的，GPS（在纯洁汉字的风潮中，应该叫作“导航星测时与测距全球定位系统”）也很灵敏，为何昂贵的磨合后，车还是不走？原来没有引擎。性就是婚姻中的引擎，没了它，就宣布报废。

恰恰在性上面，这个地方有假道学的风气，所以许多人只好抬着车，以脚蹬地，假装车在走，挺到七老八十，同龄人都没有性能力后，才长出一口气。如果你不诚实面对性的重要，就走这条老路吧。如果承认性的重要，那就早早离开一架无法修补的破车。

爱情是你自己在其中得到快乐与满足。别沦落到没有快感却要叫给邻居听的地步。

祝开心。

连岳

2009 年 4 月 20 日

举头三尺有神探

连岳：

故事太纠结，一时间不知道从何说起。刚和男朋友分手了，第三次，当然也是最后一次。跟他从去年5月份开始交往，他很稳重，长得也很帅，我爱上了他，但他对我一直很冷淡。到8月份的一天，他终于说了实话，说他心里一直放不下前女友，我什么都没有说，抓起包，凌晨三点从房间冲出来。在我慢慢接受这一现实的时候，一个多月以后他又回头来找我，说我是对他最好的女人，他不想错过。我还是什么都没有说，两个人又在一起了。

我们相处得很好，他也喜欢上了我，互相见了双方家长，一开始我爸妈并不怎么赞成我们，因为我刚大学毕业，而他已经工作好几年了，他们担心我们会有差距，但我执意非他不可。他爸妈年纪大了，六十多了，便催着我们结婚，而我爸妈无论如何也不同意刚毕业几个月的女儿就要嫁作他人妇。双方家长终于谈崩了，这个时候他妈妈发话了，要我们分手。于是我怀着巨大的不甘心，迎来了第二次分手。

当然会不甘心，想不明白这个男人为什么总是轻易放弃我，但是我想他也是迫不得已的，他也很难受。分手之后的几个月里，我们还是在联系，背着所有人偷偷见面。但是解决不了任何问题，睡觉的时候紧紧地抱在一起，分开了却当作不认识。你见过这么纠结的恋爱吗？我怀疑自己是脑残了。

正月初一的时候发短信祝他新年快乐，他说喝多了，很难受，我不放心，就打电话过去。他在电话那一头一遍遍叫我“老婆”，问我愿不愿意嫁给他，他说结不结婚是我们自己的事，可不可以不要管别人。我觉得这个男人是我的劫难，我拿着电话在这边泪流满面，再次沦陷。初四那天他开车连夜赶到我家，山路很崎岖，又积了雪，他连防滑链都没有装，就这样冒着危险来了。我们一起说服我爸妈，而我长这么大，爸爸第一次对我发了火。但是我就那样倔强，认死理，认为为了这个男人做什么都值得。于是，我们又一次和好。

所有人都以为我们终于修成正果了，要结婚了，我甚至提前搬进了新房。但是，命运之神又再一次用它匪夷所思的能力证明了“人生如戏”

这句话。在我们和好不到一个月的时候，我们又分手了，这一次，是决裂，是彼此记恨，是永不回头。

原因是我在第二次跟他分手以后僵持的那段时间里，不知道是被失恋打击得失去了理智，抑或是寂寞作祟，冲动鬼附身，一向安分守己的我，竟然通过 QQ 搞了个一夜情。事情过后，后悔不迭。而我连那个男人的名字都想不起来了。我明明记得把他拉进了黑名单，但是我不知道他怎么会还找得到我。一上来就是一句“想我了没，跟我做爱没激情吧”。关键是，这个时候我男朋友正在兴致勃勃地用手机挂着我的 QQ。他的脸色一下就变了，爱情在那一刻灰飞烟灭。

他说他也明白其实这是我跟他分手以后的事，也就是过去的事，但是他真的不能接受贤妻良母的我竟然有这样的一面。我哭、闹，求他原谅，尊严丧尽，但是怎么样也留不住他。一而再，再而三的爱情，这一次终于被我自己亲手推进万劫不复的深渊里。

他恨我，因为我触碰到了他的原则，冒犯了他男人的尊严，给他扣上了一顶颜色不怎么纯正的绿帽子。

我恨他，因为他这么决绝这么理所当然地离开，计较这一次的错误而将我所有的努力抛诸脑后，连改正的机会都不给我，而我毫无怨言地接纳了他两次。

最痛的明明是我，但是我从所有人眼里都只看见两个字：活该。

连岳，我真的不知道是不是自己哪里做错了，没有想过让他再回头，只是这件事放在我心里，痛苦万分。不知道我杂乱的文字有没有把事情说清楚，你也知道失恋的人心情总是难以平复。

小栓

小栓:

先来看一条新闻:美国国会图书馆14日宣布,将收藏美国社交网络及微博服务网站Twitter上的所有历史记录,其收藏起始年限将追溯到2006年Twitter诞生时。此举旨在让后世的人们能够以此为线索了解目前人们的想法。保存对象不仅限于美国总统奥巴马等著名人物,还包括普通人的发言记录。

许多写点字的人总是希望后代记住他们,现在方便了,注册个Twitter账号就行了。

我很同情那些铆足劲要“写历史”的人,从来没人知道历史会怎么下笔,在今天,历史就宣布并不属于精英;不需要文字华美、思想深刻,一个时代的普通人,像小鸟一样喳喳叫的闲言碎语,就构造成了历史。

记录方法改变了一切。人类进入了全景记录的时代,据称在不久的将来,储存技术将允许一个人架设录像机记录下自己的一生,然后在硬盘上压成小小的一块,将来的人查阅,从数据云中调出就行了。以后地球毁灭了,人类的数据还将孤独地在太空游荡,有外星人发现,点一下播放键,我们就在蓝莹莹的光中苏醒——原谅我《星球大战》中毒太深,言归正传吧,要习惯在全记录时代恋爱,接受这个前提:你做的任何一切，都可能被记录了，当它们跳出来的时候，别被自己惊吓过度。

手机、QQ、邮件、上网记录、街巷无处不在的摄影头，你的一切几乎都写在判决书上。就算在私密的卧室，人的好奇心与贪玩本性也会诱使他们拍下自己的性爱情景。举头三尺有神灵，这句话我不信，全知全能的神怎么会让现实如此残酷？举头三尺有神探，这句话我倒信，其他例子我就不举了，今天你的“QQ 一夜情败露事件”就可作为例子证明这种全记录开始影响普通人的生活，只不过我们不是明星，这些事情没人关心。

我能给你的具体建议是，如果你要一夜情，最好申请新的 QQ 号、新的邮箱，如果你跟人一夜情了，也别记录别人的信息，更不要去打扰他人以后的生活——虽说这样的信息也存档了，但不至于发生直接弹跳到男友面前的尴尬场面。你能做的，也就是再跟男友解释，如果他不原谅，那就接受现实，请求他原谅时，我觉得没必要“尊严丧尽”，一夜情虽然让他伤心，但也是你的权利，不伤尊严——为了照顾一些容易激情的读者，还得解释一下，说某某事是某人的自由选择，是某人的权利时，不意味着人人都得这么做，只是说人有这么一个选项。在《索多玛的 120 天》里，有吃大便的画面，女主角在拍摄时，选择吃真的大便，这是她的选择权，可导演不能据此要求以后所有的演员在类似情节中必须玩真的。

在情感中，一个人的自由选择，不需要从他人的眼中得到赞同，当然，男友也没有非要接受原谅你的义务，你们都没错。他不原谅你，你就找另一人爱吧，记得换个QQ号。

祝开心。

连岳

2010年4月27日

细爱

连岳：

展信佳。希望你能给我解答。我才 22 岁，不想对爱情和婚姻那样绝望，这种味道很不好。

从初中开始接触你的文字，一直关注至今。看你的专栏，有时欣喜有时会害怕，多想回到傻傻开心的以前。

他不想玩弄地玩弄了我的爱情和对世界的观点。这算是我的初恋吧，杂志上的编读往来认识的，他在杂志社工作。他在北方，我在南方。他比我大 9 岁吧。我们从始至终未见面，我却伤得那么重，可见我当时的愚蠢。

他主动追求我的，然后我欣喜答应，满心扑在他身上，爱他胜过自己，短信交往了半年，期间电话联系较少，用生活费给他寄特产寄皮带，体谅他不给他我的学校地址不让他花钱给我寄东西。2009 年初，大一期末，突然分手，我继而崩溃，他自我保护的工作做得很好，可以随时抽离，我太小了，我不行，寒假之后的那个学期，我两度因为抑郁请假由妈妈接回家，这让我造成了对家人很大的愧疚，家人朋友同学百医不好。之后的爱情我都不敢放胆爱，之后我所受到的挫折尤其是爱情挫折我都归咎于此。我不想承认我到现在都没有恢复好，可是，未见面的爱情也只谈了半年而已，我却要用之后的无数个半年来葬送它吗？我不想，我很难过，在这下着雨的冷夜，突然想写电邮给他，似乎是咒骂他，也克制眼泪涌出。

分手之后的一段时间因为不舍而致电向他哭诉，后来至今没联系。或许你会说突然想起是因为还爱他，我觉得不是，对当年那把箭刺穿自己心脏的疼痛而心有余悸至今，并非怀念那支箭。上次偶然看到他和他现在女友或老婆的照片，没有感觉，没祝福，也没怨恨。可是今夜突然想写电邮给他，后来还是觉得转给你吧，毕竟，指引我的人会是你，救我的人是自己。

今天突然又觉得，以后有了宝宝一定支持他早恋，原因就是妈妈当年初恋太迟了受伤很惨重呢。而且挫折并非都能让人成长，只是让我觉得害怕。不时地害怕。

下面是我半小时前写给他的邮件，希望你能从此中看出我的症状，让我走出来重拾欢乐并不再害怕。

谢谢连岳，也祝你开心喔。

想开心且不再害怕的小孩

××：

坦白讲我还是挺恨你的，我也在理清自己治疗自己，让自己成长。人生观和爱情观都很有改变。你可能是觉得我是因为被你抛弃而恨你，其实不然。我只是讨厌不懂礼貌的人，而你正是。我可以理解并原谅你的离开，没有记恨。一段时间之后我就不会再纠缠你，因为爱太深，一时无法像你那样干净切割。可你在最后拒接电话的态度激怒了我，最后的一个电话你说我可以把你当成远方的大哥哥，可以随时打给你。天哪，我当时居然相信了！可后来你把我设进黑名单，你拒接了，逃跑了，就像撕开的面具，露出了小丑的真容。

最近常会想到你，当然不是因为爱恋。地震又来了，你又在愤慨激昂地振臂高呼吧，多么虚假！上次的汶川地震你又是做封底又是在空间里表明自己情志，好像恨不得自己要去前线救灾一样。可是呢，在现实生活中呢，你轻易地没有了道德，轻易地抛弃了我，轻易地选择丑角。呵，你有多虚伪，你自己知道。

或许你会说，社会上的人都是这样，表面正气凛然，实际猥琐肮脏。呵，可我却那样真实地看到了你的鄙陋，或许你是他们中的佼佼者吧。

没有向你挑战和打扰的意思，只是内心实言。

一个人的内心本质决定了他的生活层面和水平，而非因为没有一个好爸爸和自认为不好的命运。不晓得你要拜哪个神，他才会保佑你。

对你没有祝福。

这封邮件你看不看得到都无所谓，我已经快忘记这个恶人了呢。

想开心且不再害怕的小孩：

那我们就把这篇文章发在北方的媒体上吧，希望这个××先生能看到。

从你的邮件来看，没人能够责怪这位××先生，他只不过是中止了一段恋情而已，也许分手得不够漂亮，但判成恶人就过了。这么说并非故意惹你不开心，而是接受一个现实，在以后的恋爱和生活中，分手还会发生（广义的分手还包括朋友间的疏远、合作者的散伙），原因多是不适合，而非其中一方成了恶人。或者换个角度想，与自己分手的人全是恶人，那自己不就是长期与恶人为伍吗？

将世界分成“好人”和“坏人”两个集团，这是爱情的大敌，这么简单的切割，它唯一的功用就是败坏我们的心灵。这一点你一定会意识到，因为你从这段恋情中得到的知识，已经指向了这个目的，你更在意于一个人的细节，而非他宏大的激情。

好坏两分就是宏大，而一个人的可爱，却是由细节构成。正如你说的，为天灾“振臂高呼”和拒接你的电话，一大事一小事，你更在意小事，爱不爱你由小事构成，不需由天灾来证明。这暗合神的旨意：四千年前，巴比伦的吉尔伽美什史诗中，这位大英雄潜入神的黄金花园寻找永生的秘密，答案是：享受你的生活，爱那个牵你手的孩子，让你怀中的妻子感到快乐。

在写这篇文章时，刚好看到北京作家赵赵在新浪微博上写道：“既然都装高雅看完歌剧巴掌拍得山响了，能不能出停车场的时候不要狂摁喇叭啊？！”你看，我们可以理解的细节早已超越爱情的边界，是准确判断的前提。

爱情与社会的毛病都出在没有细节，只有宏大的口号与态度，以至于需要宏大的灾难来作为背景。你让我来判断一个社会文明与否，我不会看它的宪法写了什么，摩天塔楼有多少，房价如何了得，会议多么气派，而是看看这里的人是不是排队，会不会修剪掉过长的鼻毛，穷人脸上有没有笑容，孩子的作业是不是太多。过上幸福的生活，得到像样的爱情，不必信赖高深的理论和艰苦的训练，只关心自己理解的事情就行了。

股神巴菲特和盖茨是好朋友——他们一起来中国坐火车旅行过——但是他从没买微软的股票，这在 99.9% 的股民看来，浪费了多少内幕消息啊。巴菲特的投资哲学是从来不买自己理解不了的股票，网络他看不懂，就不买（我健康的金钱知识许多来自巴菲特，所以从来没在钱上面上过当），就凭着这种简单易行的信条，巴菲特变成全球财富榜前几位的人物，由此可证，我们可观察的、可理解的细节，正透露出本质，用自己能理解的方式来判断爱情，上当的可能性也很低。

祝开心。

连岳

自由在爱之前，正如子宫在孩子之前

连岳：

在阳光灿烂的早上，写封信给你，也给自己，算是宝宝诞生前，给自己的一份礼物。

大学的时候，谈了一场非常浪漫的恋爱（结束后，我曾经对它的定义是痛苦），其实，是浪漫还是痛苦，真的要看现在对待它的目光。我当时想，为什么老天眷顾我，赐予我这么帅、这么幽默、这么重情、这么性感、这么单纯热烈的一个爱人，真的太幸福。

我们之间也有障碍，当时的我觉得根本不是什么，就是家庭——我父母反对。但是，我没有想到，这小小的障碍，竟然以我没有想到的方式结束了我们的爱情。我们相恋八年后（我大学毕业四年后），我的父母投降了，接受了他，而我，决定离开他。离开的理由之一，是我发现，没有了父母的反对，我们之间竟没有了其他的联系。我觉得我和他之间，没有物质，也没有精神了。当然，那个时候有两个更具破坏力的因素，一是我爱上了大我12岁的以前的老师（正在离婚，后来单身），一是我与两个女孩住在一起开始了独立的奋斗生活。

大学四年，是完全属于我和他的，毕业后的四年，是悲惨的（像所有刚毕业的学生一样），而读研的四年，却是成长的真正开始。他没有与我一起成长，这大概是最根本的原因吧。我们三个女孩，各自有着自己的烦恼，却在一起给予了彼此力量，一起成长起来。

我们分手了，他回来后又离开了我的城市。然而，我也离开了我所爱的另一个人，也许我并不是真的爱他，我一直渴望得到他的身体，却只是碰过他的一根手指头。也许我要惩罚自己，或者胆怯了？

我宁愿一个人去过世俗的生活吧。这是一种逃跑，却在多年后的今天（多少年了？八年了吧），可以微笑地面对这过去的美。如果重来，我不知道怎样，但现在的结局是我满意的。这八年来，我们三个女孩相依相伴，同居三年，后在一个城市各自发展。她们俩都比我先嫁掉，后来一直陪伴我度过我的“剩女”生活。其中有一个是我最好的倾听者，我的每一个网友，从期待到失望，都与她分享。只是最后一个（我目前的丈夫），在做决定的时候，我离开了她一段时间，自己折磨自己（事实证明，再棘手的事情，都必须自己去判断和做决定，才可能有成就感）。

终于，去年，我和丈夫结婚那段时间，我与初恋男友彼此宽恕了对方，虽然他说一直爱着我，无法开始新的感情，但是我相信七年后的声音，使他放下了很多东西，我感觉到他在慢慢恢复元气。终于，他从流浪的外地回到家人身边。我也宽恕了自己，不再为他担心。而我的老师，他已经娶妻生子，过着最普通然而也最幸福的世俗生活。他的妻子很疼爱他，他在四十岁左右得一女儿，女儿很健康可爱，他继续写着自己的游记，对于一个曾经孤独的旅行者来说，这不是最好的归宿吗（而那一段记忆，也应该是值得他珍藏的）？我带丈夫去拜访他时，看到他的坦然。

我也快要做妈妈了，宝宝再过一个多月就要出世了。丈夫是一个体贴的、细心的、具有喜剧色彩的平凡男子，收入不高却有一技之长，优柔寡断而不善与他人交往。我曾经一度对他不满意。终于我承认自己喜欢他，也许将来会爱上他（现在的我在他面前，最放松，也最快乐，而且我很喜爱他的身体）。我们三个女孩子依然经常联系，彼此倾吐烦恼——以后的生活还很长很长，还会有新的状态，新的感受，我会按照自己想要的方式去生活，会的，体会生活中的美与痛。

谢谢连岳，让我彻底地释怀，彻底地把那些过去的痛转化成为美。

无论回信否，都谢谢你。

自由

自由：

自由是最大的美德，它是鸽子的翅膀，又是蛇的毒牙，它是豹的花纹，还是孩子嘴角晶莹的口水，失去它，美不成为美，力量也不再存在。爱情最好的地方，就是逼迫你寻求自由，使用自由，饱尝不尊重自由的苦果。

自由在爱之前，正如子宫在孩子之前。

不少人的爱情是在父母的反对中成长的，因此爱成为其次，争取自己的自由恋爱权反而成为爱情的主题，当父母终于不反对了（或没能力反对），压力集团消失后，却发现自己未必那么爱这个人，可碍于“不能在父母前没了面子”，又不得不违心地延续没有爱的关系，这种关系让人不快乐——至少让人觉得不值，就像拆开礼物的层层精美包装，里面是张麦当劳的抵用券——有些偷懒的人就觉得：父母的反对还真有道理；从此不再觉得自己的自由选择权有多重要，当了父母，也不会给自己的孩子自由。正如尤金·奥尼尔所说：“我们常常反对一些小事，最后我们自己却变得渺小了。”

我挺欣赏你的一点是，从父母那里争取到了决定爱情的权利后，就用自己“爱不爱”来判断身边的人，这是正确的递进。因为父母反对得狠，我就要假装非常满意他，这是为了反对而反对，是个标准的反对派，却不是爱。爱情中的自由选择是以让自己快乐为出发点的，而不是以“就是不能让他们开心、就是不能让他们笑话”为考量。

真正的爱情和人生，就是一连串的选择。试图去找不需要选择的“稳定”，那不符合自然规律。英国的艾尔顿·强，这位大叔爱过不少漂亮的男孩，他有得是钱，好像眼镜就有上万副，所以他爱的男人不缺锦衣玉食，任务不外乎是陪他环球旅行之类的，可是强叔发现他们后来都不快乐，为什么呢，强叔毕竟是聪明人，他意识到自己无形中剥夺了他们的选择权，他们失去了自我，仿佛只是性奴而已——有人看到这段，可能会发出最强悲鸣：强叔，包我！不过这样贱了，强叔可能反而不爱。

人有了选择权，爱有了选择权，其中一个重要标志是我们会做错事。这正如一个地方有人胡说八道，有人说错话，这里的言论氛围就是健康的。一个人只知道极微小的一部分知识，他在多数领域是无知的，他有偏见，有固执，所以会做错误的选择，而一个自由的人，他肯定会犯错，也有大把机会从错误中抽身而出。一次错误的恋爱，一次错误的婚姻，这都不是羞愧的理由，最羞愧的事是要装出百分之百正确的样子。

我喜欢这位姑娘的第二个理由是，她接受自己，也接受别人。既然我们自己并非完美，那也得接受他人的不完美。在爱情当中，你也得尊重对方自由，如果爱他，不要试图纠正他、指导他、教育他，你只能建议，决定权在他。

有没有爱的自由，而爱却一定有自由。

祝开心。

连岳

2010年5月11日

爱情得向鸡学习

连岳老师：

您好！

还是先介绍一下我自己。女孩，80后，土家族，毕业之后在一家外媒的北京办公室工作。

其实算是早熟的人。和同龄人在一起的时候会有隐约的不安，和年龄大一轮甚至两轮的人相处会觉得舒服。在19岁的时候，爱上一个29岁的男人，觉得自己会嫁给他，觉得没有他就不能生活。当然，就像所有类似的故事一样，这份感情没有好结局。分手之后哭了一年，然后和下一个男朋友是在今年一月开始。这一次是一个47岁的男人，让我暂且叫他林。

还是来说现在的感情吧。林是外籍华人，在北京做外交官。狮子座。善良、细心、敏感，内心孩子气。和《在云端》(*Up in the Air*) 里面的乔治·克鲁尼 (George Clooney) 那个人物神似。第一次见面的时候两个人就被对方吸引。我在上次痛苦分手之后封闭自己很久，现在自觉比当年成熟不少，是时候重新开始。林是很让人安心的男朋友，每天会电话短信邮件 MSN 联系，嘘寒问暖细心体贴。我喜欢他的安静性格，喜欢他的才华（写得一手好字好诗），喜欢他身处复杂政界却能保持内心洁净直接，喜欢他对司机、保安、清洁工阿姨的关照礼貌，喜欢他在出席活动被人包围的时候仍然满场寻找我的急切眼神，喜欢我们总是不约而同说出同一句话，欣赏同一个人。

也许旁人看来这会是一段美满姻缘。可是那句话说得好：Every relationship is difficult. 对于感情，我是与生俱来的悲观者，毫无理由地。上一次恋爱的惨烈教训更让我坚信这一点。虽然四年过去我自觉成熟很多，可是和他开始之后还是会偶尔怀疑：这是真的吗？我不会这么幸福的。不习惯幸福，太不习惯幸福。内心自卑，觉得幸福永远不会属于我。

然后就开始自动开启自我保护程序，告诉自己还是不要和他那么亲密那么近，否则到头来又被狠狠伤害。所以有时候不接电话不回短信不回邮件，尽管自己很想很想他。除了害怕被伤害，还会想很多乱七八糟的客观原因：比如觉得我父母肯定无法接受他的年龄（我爸爸比他大不了一岁）；比如害怕别人议论，说我找他是图他身居高位——一个 24 岁的，漂亮的（别人这么评价），来自土家寨子的女孩找一个和自己父亲差不多大的外交官，不是图权还能是什么呢？

可是无论如何，感情是没有办法被控制或者扼杀的。所以很多的时候很矛盾。很多的时候，不知道自己想要怎么样。只想有一天一觉醒来，突然变成蠢钝的人。不知人间忧欢，也不再思考这些事情。

自然地，我的不确定也让他不确定，或者说，让他更不确定。他曾经问我，北京任期结束之后如果他被派往条件很差的国家，我会不会愿意和他一起去。可是后来他又说，他害怕我不能够陪他一辈子，因为现在我还年轻，也许十年二十年之后我会改变我的想法。然后莫名其妙地总是不断有老男人对我表示兴趣，也让他觉得惶惶。其实我一直想告诉他我没有那么容易喜欢一个人，一直想告诉他，他在我心里有多重要。可是却没有说。我一直觉得和他在一起我更像是那个年长的人（他也这么说，他觉得我是三四十年代的人），因为我看到他光鲜亮丽官服背后的脆弱无奈言不由衷身不由己时时挣扎，觉得心疼。他也说只有我才让他觉得真实可信赖让他觉得安心。他给我描述他们外交部里各派竞争就像 slaughter house，然后他觉得自己像“被 slaughtered, bare, featherless, bloody and lifeless”，但是想到我，他会觉得安全。

我想保护他，可是我不知道我是不是更应该保护自己。

我觉得自己一直自卑。虽然从外表看上去别人会觉得我是超级自信的人，可是骨子里却腼腆自卑，参加聚会或和陌生人相处会无所适从。我感觉到他爱上我，可是我又想，他四十七岁，哪有那么容易爱上一个人。我有什么特别的，会被他爱上。

絮絮叨叨一篇，不知道连岳老师有没有从我杂乱无章的思维里获得任何有效信息。谢谢您的倾听。

Nisly

Nisly:

刚看完一个神偷的故事，这位老兄，钻进银行的保险库，因为时间关系，他得在里面呆上长长一段时间，于是他美美地睡了一觉。他最后落网，是犯了一个小错误，FBI 的探员也很遗憾：这样的人，这么平淡地收了场……

在任何一行干出头，心理素质得过硬，如果让我去当小偷，可能没有勇气在作案现场睡觉，在不确定的危险中，多数人无法放松。

有人因为警察终于出现在面前抓自己而长出一口气，再也不要担心警察什么时候出现了。这似乎违反人趋利避害的本性，可仔细想想，这说明命运被他人决定的紧张情绪是人想逃避的祸害，正如恐怖片的恐怖全在于事先的铺垫。

有人恐惧成功。就连超人也需要有人鼓励：能力越大，责任越大。

有人会恐惧爱情。走不出来的人，就索性放弃爱情：从来不爱，自然没有心碎的可能；不聚，也就没有散。

爱的恐惧，在我们这儿，可能还挺流行的。客观地说，这可能与我们的爱需要跨越的障碍较多有关。爱不可避免成为社会事件，牵扯到多方观感，需层层认证。所有人都满意的爱情是不存在的，所以必然会听到反对声音。有反对就不爱了，难道此生就是专门让反对者爽？

只能回到原点：爱情只需让自己满意就行了。其他人的认可、祝福，当然要争取，争取不来，也无所谓。为他人爱，只有死路一条。虽然管闲事的人不少，自认为比别人高明的家伙也比比皆是，但是“别人都是坏人，都会坏我好事”，往往更是个人的主观臆断，将自己不作为的责任推到他人头上。好像他一行动，全社会就要来反对他，谁有那么大牌呢？

如果你的男友真的如你描述的那么契合心意，尤其是神似George Clooney，那就认真恋爱吧。一二十年以后的事，都要给你个确信，那求得太多了。二十年后，环境会不会崩溃呢？会不会碰上大地震、大瘟疫呢？地球会不会被小行星撞中呢？你的George Clooney会不会当上外交部长呢？到时会不会有好莱坞女明星介入你们的家庭呢？——上面的疑问有可能都会成真，你还爱不爱呢？

当然还得爱。

爱情得向鸡学习。确切地说，是母鸡。

蛋是易碎品，世界上多数物体比它硬。母鸡下蛋之前，不会忧心忡忡：公鸡会不会嫌它小呢？主人会不会满意呢？会不会磕在石头上碎了呢？会不会被黄鼠狼偷走呢？天气这么热，会不会臭掉？双黄蛋会不会孵出双头怪呢？

先把蛋下了再说吧。只有蛋下了，才有评论它的标的物，爱情小鸡才有依托。

爱情不在民主范畴，只要你自己在乎就行了。当然你可能无法如此强硬，不过至少先尊重自己的感受吧。

爱神也无法全知全能，写好每一句让你念，仿佛性爱都得她亲临现场指导。爱就从现在开始吧。

祝开心。

连岳

2009 年 5 月 18 日

光阴的故事（七）

连岳：

你好。

一年前的这个时候给你写过信。谢谢你给我的回复，我喜欢极了。

我三月份在异国博士毕业了，现在另一个异国做博士后。从异乡到异乡，又一次开始了新生活（真他妈带劲）。

上个月回国，重逢了以前厮混过的老头，我还是爱他，还是爱他。六年过去了，感谢过去的道德败坏，因为他还是那么一派旖旎，十里平湖霜满天，蓝田日暖玉生烟，令人受用死了。而且，我已经不是过去那个容易苦闷冲动的小妞了，现在的我更能控制我们的关系。我对他不是依赖，而是享受。我不花他的钱，他给我几千块钱零钱，我一笑；他不给，我也一笑。我也不尿他那壶所谓中老年男人的生存智慧，但如果他谈，我便只点头；他不谈，我便说些软红十丈的闲话，打发半日闲。

可这种性政治并不影响我爱他。跟他在一起的几天，我一度想，去他妈的美国，去他妈的学术，我跟你在一起多呆一天是一天，混到哪天你死了，老子也放心了。

现在我在实验室给你写信。这里太对我脾气了，我骨子里的自由热情硬朗在这里得到了释放。正是蜜月期，在下笑眯眯。上周我刚过了 29 周岁生日，漂漂亮亮地吃了一顿生日饭，昨晚有了一个漂漂亮亮的约会，深夜，我用掺了金粉的水玫瑰口红在他胸膛上写：我爱你。他正低头辨认时候，我一把把口红抹掉，金玫瑰色就摊在他的胸口，闪闪发光的像一条星辉荡漾的河。他的眼睛也开始闪闪发光，问我：你写的什么？我吃吃地笑说，写的是——操你妈呀。然后的事有多坏，我不说你也猜得出。

原来的博士男朋友跟我分手了，他提的。我们平静分手，所以现在还是好。这是一段亲情大于爱情且没有利益冲突的男女关系。他很好，我也很好。我们不相爱了。我们分开了。我们互相信任。目前为止，我们是极好的朋友。

目前为止，我的人生从来都没有比29岁更快乐过，更有力量过，更自由过。这个社会有很多人说，剩女不快乐，年龄大不快乐，书读多了不快乐，事情想得太明白了不快乐，恶劣的母女关系会导致人不快乐，女博士不快乐，都是他妈的假的。我亲自体验了一下，我青春期和青年时期经常为自己丑而苦闷，为得不到更多男人的爱而愤怒，为未来的工作担忧，为失恋而责备自己、哭泣，为 control freak 的母亲而自怜，为思想感情和周围的人找不到共鸣而孤独，为政治体制的大环境和人际关系的小环境而压抑，但挺一挺，这些都过去了。我现在作为一介剩的、博士的、小众价值观的并且母女关系恶劣多年的大龄女青年，体会到了自由、乐观以及积极面对内心能给人带来的深度快乐。那种心境上的力量和尊严感，只能自己去获取。

六年前，我觉得这段悲愤的老少恋我是永远失去了，今天我才知道我从没失去过。以前我是弱者的心态去爱他，现在我是强者心态，我爽死了，你说我心理变态怎么都行，反正我爽了。谁总喜欢小鸟依人啊，反正我喜欢智勇双全的健康状态。信任可以，但被人控制太不爽了。

一年前我纠结于我要和性生活不和谐的 soulmate 大博士过一辈子了，今天我才知道，既然适合做朋友，那何不做朋友呢。

一个月前我每次想自己的母亲，都要哭出个童年的委屈，但今天我才知道我再也不会被这件事伤害到了。我不怕回想了，不怨恨了，我超越了。

飘然而过。心灵宁静。

总结：

1. 对自己好点，严肃点。尊重自己的需要。别听别人瞎说。

2. 想对你博客信箱里那些苦闷的小青年，也包括我，说一句：有时候你觉得是完蛋了，其实一切才刚刚开始。未来有多幸福，你不知道。人生可以有一刻，体会到自由充实的幸福，这一刻值得人去等待、忍受、追求、憧憬、歌颂、感恩。

又，我不是来炫耀的，其实我很谦卑很感恩地写这些。

又又，上次你说深刻平稳的两性关系的话，我想未必适合有些人，甚至未必适合大多数人。

又又又，当然我今天说的一切都可能翻盘。人生充满不确定性。希望我会不定期地想给你写信。心贼不死，是为年轻及生命。

H

H:

知道我最喜欢这邮件里的哪句话吗?

是这句:“又又，上次你说深刻平稳的两性关系的话，我想未必适合有些人，甚至未必适合大多数人。”

这个专栏奔着十年去了，原来的少年读者都成为父母了。想到能见证一代人的爱,心里难免自得,听到赞扬,当然更开心。不过得经常提醒自己，作为一个专栏作者的体验来说，也许不错，但千万不要认为自己对“爱”就有了权利，对他人的爱情就显得重要了（即使对花了大量时间写邮件的读者，即使是对有些年年会给我写邮件的读者)，我并不重要，我只是某位读者五分钟的阅读时间，是生活与爱情中的可有可无；无，不会减少他的生存质量。

觉得自己对别人重要，越来越庄重，越来越焦虑，那是可悲的人生。

这会不会引向人生虚无论？我们难道不是追求“重要”吗?

是，但有另一条补足，我们自己对自己是重要的，从来都是如此，我们自己刮胡子、自己觉得痛、饿、饱，自己喝水、自己倒一杯酒。别人无法拿一桶快乐淋在我们身上，快乐只会从心内往外散发能量，像核电厂深藏的核燃料棒，像面包里的一万个细孔。

我对自己是重要的，从此推出，别人对他自己来说也是重要的；我对他人并不重要，从此推出，我并不必要去在乎别人的想法和生活方式，别人硬要来在乎我，自然就更不必理睬了。

这就是建立在个人基础上的自由生活。

没有个人主义，就没有爱情，也没有自由，因为失去了它们的主体；而个人没有爱情，没有自由，那是劣质的个人、笼子里的个人——有人没能力得到爱与自由时，会倒回来恨爱、恨自由，那是这欠条提醒他的不幸。

一个世界，无论多么冷酷绝望，只要多一个人爱，就像寒冷的冬天傍晚，多一盏鹅黄色的灯光亮起，远远望去，无法增加你身体的热度，却让你觉得舒服。

爱是医治自己的良方，爱的人越来越多，是医治世界的良方。

你这句话有意思：“想对你博客信箱里那些苦闷的小青年，也包括我，说一句：有时候你觉得是完蛋了，其实一切才刚刚开始。未来有多幸福，你不知道。”是这样的，人经历的一切，都不是死物，时间并非线性，我们和每一天都不是在永别，而是每增加一天，人生的组合就增加一种可能，就会有另一种解读。

完蛋只有真的完蛋了，才是完蛋。我从来反对让某次爱情觉得自己完蛋了，作为一只蛋，我们要像滚石，一直滚，从来不完。

当然，也不必把现在的幸福感看得太重，这句话也成立：“其实一切才刚刚开始，未来有多不幸，你不知道。”过度抒情，无论是幸与不幸，都是危险的，因为未来还要回来光顾。

未来是值得期待的，即使我到了64岁，你也老了，我们还会相爱。

在到达64岁的路上，知道自己，在乎自己，不过多理会蛋壳之外的他人。

祝开心。

连岳

2010年6月1日

不宜强行撒娇

连岳：

以前总是作为一个旁观者看着别人在感情中沉浮，当时就想会不会有天也轮到我写信给你，没想到这一天那么快就来了。

我的故事很简单，大学同学，识于微时，白手起家，有一个上幼儿园的可爱儿子，生活不富裕也不困窘。虽然我脾气不好，他也不够体贴而且比较懒惰，但是在那件事发生以前，应该说我们感情尚好。

才女尚只求现世安稳，岁月静好，我当然也求不过此。但是，这是不容易的。

去年三四月间，他去青岛培训了两周，走之前让我周末过去，我想想短短两周，就不要折腾了，没有去。他比预期晚一天回来，没有给我和孩子带任何东西。现在想来，都是有信号的。他回来之后，就开玩笑地问我，你说说自己有什么优点，我傻傻地说，好像真的没有哎。他手机上孩子的照片不见了。他发了一张在青岛培训的合影给我，他站在一个女孩子的边上。他跟我说，现在“80后”的女孩子很开放，是我不能想象的……

终于有一天晚上，在ML之后，他告诉我，有个女孩子在追他，我一下就猜出来是那个站在他边上的女孩子。忍不住看了他的手机短信，他把对方发给他的删了，但是自己发给对方的还没有删，很暧昧。短短两周，女孩子已经说她想他了。我们大吵，他告诉我，他们并未越界。是的，身体上，我相信没有。这事发生的时候，差不多就是恋爱10年，结婚7年。七年之痒，逃不过。

就在此事发生的半年前，他说，虽然他对我不够好，但自从我们结婚后，他心里再没有过别人。现在，他对我说，不管现在是否还喜欢我，但至少曾经喜欢过，所以他会负责，不会做出格的事。当然我知道，更是为了他自己的前程，他在国营企业上班。他们在一幢楼里上班，常常见面。

连岳，我觉得很悲哀，在一起不是因为爱，而是为了所谓的责任和前程，这是所有婚姻必然的结局吗？

“君当作磐石，妾当作蒲苇，蒲苇韧如丝，磐石无转移。”无转移是要从心里面的，而不是为了前程或所谓的责任。

这件事已经成为一个阴影，常常笼罩在我心上。那天我听到他跟一个朋友说，很怀念青岛，在那里蛮开心的。我黯然。

前段时间我一个同事闹离婚，她结婚才 3 年，老公平时表现得对她百依百顺，居然背地里跟一个同事小姑娘连小孩都有了。在双方父母的干预下，我的同事最终没有跟她老公离婚。跟她相比，我的事情好像只能算个小插曲，为什么我会这么难以释怀？因为我嫁给了初恋情人，所以我要求特别高？但难道婚姻就是麻木，就仅仅是两个人搭伙过日子？

随着年龄越来越大，我越来越感觉到女人终究是个弱势群体。男人一把年纪了还是可以找比自己小二三十岁的小姑娘，还可以生出健康的孩子来。女人一过三十就每况愈下。

我是个低调的狮子座，心里其实是很要强的。有时我想，我对感情的要求，似乎过于纯粹了。

比起报纸上那些事情来，我估计你会觉得我是在无病呻吟。但是就是想发这封邮件给你，因为我无人倾诉，或者说，无颜对人倾诉。如果能得到你的回复，我将不胜开心。

祝安好，少烦恼（因为知道不可能无烦恼）。

Jenny

Jenny:

“没想到有一天我也要给你写信。”这句话像“你好”一样频繁地出现在邮件里，以往发前都会删掉，今天的留着，因为它是一种象征。

现实一定会浮现出来，像一艘潜水艇，像木器里的白蚁，像梅雨天的霉点，它们都会忽然出现，吓你一跳。

“没想到”只不过是“还没到”，是终点站的前一站。

我从来不赞成因为自己的个例而上升为“女人如何如何，男人如何如何”的感慨，一是因为取样数太少，得出的结论不成立，二是你无法脱离物种，不能变成小猫小狗或神仙精灵，再惨再怨，也一定还是人，把这个群体彻底否认，对自己并不利。

只有失败的女人，才会说“男人都不可爱”这样的话——反之亦然。失败者需要借口，当我们分泌自我怜惜的体液包裹失败时，它会越来越美的，珍珠就是这么形成的，怨夫怨妇也是这么形成的。

如果这话说得过重，以至于有人听了不舒服，那么，让我顺着你提到的观点说吧，“男人一把年纪了还是可以找比自己小二三十岁的小姑娘，还可以生出健康的孩子来。女人一过三十就每况愈下”。有杨振宁老先生的例子放在那里，这听起来对，虽然老太太找到小伙子的例子也有，可能未曝光就被大家骂死了（包括女批评家），但是大家宁愿相信前面才是事实，好吧，再退一步，就算男人是这样，两个男人摆在一个女人面前，一个是什么时候都有魅力的男人，一个是离开了你就再无人理睬的男人，选哪个呢？当然是前者了，这才符合进化的本能，也是爱情的必然。

也就是说，越有魅力的情人，你承担的风险也越多。高收益，高风险。这很公平。

当风险出现时，首先要做的是，如何化解风险，让这个男人继续爱自己，而不是吟诗："君当作磐石，妾当作蒲苇，蒲苇韧如丝，磐石无转移。"诗歌是抒情与美化，也是脱离现实的一种，如果你仍然爱这个男人（至今仍然没有离开，那应该还是爱的），那么，这块石头从上海滚到了青岛，你也应该找找有什么力量把他留住。

"责任和前程"，这是你看到的维护力量。而且并不是你强加给他的（有传统闹法是到对方的单位与圈子哭喊，威胁他的责任与前程），这种自觉的力量本身就是婚姻的守护神之一，婚姻是诸力之和，而非所谓"纯粹的爱"，你刚好可以借力，双方调整在此次危机里出现的误差。他嫌你黄脸婆，你就加个黑脸给他看；恰逢七年之痒，你就表现得更沉闷……还有什么比这更不智的？分明在放大风险，迫使对方做出更丧失理智的举动，在被抛弃的时候强行撒娇，这是低级错误，只不过大多数人都在犯，还以为很美。

现实是残酷的，爱情得在这残酷中生存，这是必然，谁也躲不了的，所以不必太害怕，不必太逃避。

祝开心。

连岳

2010年6月29日

钱的主人

连岳：

你好！

还是说说我的事情吧。嗯，简单地说呢，我又恋爱了。很开心，每天对着镜子刷牙都忍不住笑。问题是，我没有办法和别人分享，我说不出口，因为……我又和前男友复合了。之前分手有两年多了，期间他工作了，我出国了。我没有再爱上谁，他呢，好像也一直单身着。这次圣诞节回国，我很想他，短信发了几次，结果在我回美国的前一天晚上，他借钱从他的城市飞到上海，我们像是久别重逢的普通情侣，一切发生得很自然。虽然我们都没有说复合，但是我知道实质上我们又回到了从前。现在每天睁开眼睛的第一件事情就是给他打个电话，听听他的声音，然后开始上课。期间给他发短信，或者继续打电话。但是通常他都不能回的，一是他的工作没有自由空间；二是……他真的没有钱打国际长途，甚至回短信都是很奢侈的……他，真的好穷。

连岳，你是否已经意识到，我想说的这个故事，其实是个俗套的“富家女”爱上穷小子的情节呢。当然，我不是那种疯狂的富二代，但是，我确实从来没有为钱发愁过。我爸妈辛苦打拼一辈子，家底不薄，只希望让我的一生过得安逸轻松。我书读得不赖，大学毕业后碰上经济大萧条，我就出国留学避就业压力。现在研究生快读完了，爸妈也早早给我安排好工作，买好房子车子，希望我回来之后轻轻松松地工作几年，然后嫁个好人家，过好下半辈子。他们用心良苦，我也尽量配合。在他们眼里，我是个很乖的女生，从来都是。换句话说，他们早就习惯有个听话争脸的女儿，这也是他们辛苦打拼的最重要的动力。妈妈曾经半开玩笑地告诉我，因为要给我买房子方便我上下班，他们的退休计划又推迟了几年。连岳，你能理解吧，他们如此努力，只为让我过得更轻松。我也知道，他们也在帮我物色对象，不求大富大贵，只求和我同个城市，工作安稳，踏实善良。

是的，如果我喜欢的这个男人只是穷，问题不大。麻烦的是，他学历低，工作很糟糕且没有前途，目前困在他自己的城市里没有走出来的可能性。这样的男生，我怎么和爸妈交代呢，这样的男生，我甚至都不好意思和身边的朋友说。当初我们交往的时候，身边的死党就说，恋爱就好了，不要想太远了。他们都是现实且坦率的人，在他们的眼里，我喜欢的这个人确实腿长貌美心地善良，但总归还是差了那么一点。

我知道，在一些硬条件上他确实是不够好。可是，我真的舍不得放弃他。他那么善良，那么可爱，那么性感。记得他来上海看我的那个晚上，我乐疯了，穿上性感内衣要大大犒劳他，结果他居然说，他不能这么做，因为我们还没有明确关系，这样是不对的……哈，我闹一闹生个气，他也就屈从了。事后他有点郁闷地问我，是不是就想找他解决这个生理问题。可爱的傻瓜，他是不知道他对我来说有多诱人，就像《绝望主妇》里面 Bree 形容 Karl 对她的吸引力："当他吻我的时候，我感觉自己都要融化了。"但是，这种诱人不只是来源于他的身体，更是来源于一种让我无法解释的安全感。他不是我第一个男人，也不是我最后一个，但是只有他，让我这么着迷。就算是被情欲遮蔽双眼，那么，为什么是他呢？为什么我明明知道他这样完全不符合我对未来丈夫的设想，我还是如此沉迷呢？

哎，真的好喜欢他。从来不想未来计划的我，现在开始投简历找工作了。我不想留在爸妈身边做他们想要我做的事，而是准备去离他近一点的城市找个工作，先拖延拖延。关于我和他的未来，现在真的好迷茫，但是，我一贯信奉及时行乐，所以就先这样走一步算一步吧。连岳，我不知道你能否给出建议，如果可以那真的太好了。如果别人更需要你的帮助，那你就先帮他们吧。倾诉是一种解脱，我还是很高兴能和你说说我这个甜蜜又苦恼的恋情的。

祝你开心。

NONO

NONO:

手头正在看一本科学史的书，发现不少科学家的父母都很有钱，所以能让孩子从事自己感兴趣的事情，不在乎他们能不能赚钱，反正有的是钱。这种金钱观不容易得到，不是有钱就行了，还得有见识，多数人是越有钱越离不开钱，过劳死在钱堆上、炫耀财富以及侮辱穷人（这两件事往往同时发生），做这些事，就是因为自己还没学会掌控钱的技术，所以西谚说：钱是最好的仆人，却是最坏的主人。三代才出贵族，就是从钱的仆人走向钱的主人所需的时间。当然聪明人可以走得快一点。

认为除了钱，其他都不重要，这是钱的仆人。

认为钱很重要，但有些东西钱买不到，这是钱的主人。

刚刚有钱的人（贬称为暴发户），因为原来匮乏太久，钱一下买到了很多满足，会产生钱无所不能的幻觉，也喜欢用单纯的购买力来证明自己的价值。不得不说，我们这个国家，还是有种暴发户气质的，这也难免，可能也是无法逾越的阶段，除了大家普遍有钱能改变这种气质，还有另外一种更快的方法，富二代能接受更好的教育，有机会在没有生存压力的情况下从事自己有兴趣的事情——这样科学、哲学、文学等不赚钱的职业就有人从容地从事，也更容易出大人物。

但愿现在的富一代，早早想通，有钱是让孩子有机会不为钱发愁。

也但愿富二代早早明白，既然不用为钱发愁，那么选择就可以更多元，可以更顺应自己的内心与兴趣。

在爱情上也是如此。

没有钱的爱情是走不远的。无论多么有爱，安全套也不会白送。

你的男友，优点是腿长貌美心地善良，缺点是没钱和处境不妙，而你有钱，这缺点就可以接受了。有钱当仆人，在这里就体现出优点了。如果我有钱，也一定要求你有钱，这样反而增加了选择的门槛，钱就变成了你的主人。

不要理解为你可以包养他，或者认为他会接受在金钱上依赖你。而是说，你从他身上感觉到的安全感和迷恋，在你的爱情当中，可以占更多的比重。

两人在家境上差异太大，也许是危机。如果阔的一方觉得穷的一方人格上低于自己，甚至羞辱他，那么钱确实是带来了伤心。但这种差异也可能是转机，也许反而促使弱的一方努力改变自己的处境，寻求突破。他现在学历低、工作糟糕，但以后会如何？谁知道呢。

走一步算一步，这在多数场合都不是好话，但是在拿不定主意的情况下，你又深爱着他，这反而是最好的选择。接下来，无非两种情形：他仍然工作糟糕，看你的爱会不会减少；或者，他的处境变得不那么糟糕，你的爱会不会减少。少了，不爱了，就可以做分手的决定了。走一步算一步有时只不过是不仓促做决定，只是在等让人做决定的条件成熟——还好的是，你有足够的钱可以等。

祝开心。

连岳

若不是那次年幼无知的尿尿，我的人生必然大不相同

连岳：

您好！

有些问题困惑我很久了，再不弄清楚也许就来不及了，请您一定要指点我。

我是个非常矛盾的人。外表乖顺、文静、内向、温和，可是内里却幼稚、冲动、叛逆、不安分。

我不是双重性格，也从不刻意掩饰自己，但是不熟悉我的人总会产生相反的印象。这不重要，重要的是，我自己就好像站在十字路口，不知道下一步该往哪个方向走。

我生在公务员家庭，家教严厉，衣食无忧。一毕业就进了事业单位，整天和法律打交道。父母为我安排了一系列的相亲，二十多场后，遇见了现在的男友。

他也是个公务员，非常踏实、稳重、勤勉、上进。爱我，照顾我，一心和我结婚。跟他在一起，我很安心，觉得一辈子就可以这样安安稳稳地过下去了。

可是，我不爱他，这样的生活也不是我想要的生活。

我爱一些虚幻的影子，爱那种骨子里的洒脱和不羁，爱迷茫、痛苦和不可确定。

这听起来也许很可笑，更像少女的白日梦，而我已经 26 岁了，没有多少时间再让我做梦了。

我懂这些道理，婚姻、家庭、过日子，都是平凡又琐碎的小事。没有多少浪漫可言，甚至跟爱情的关系也不太大。可是幸福到底是什么？有统一的格式可以代入，还是因人而异？是无限接近的标准，还是随时在变？

本来，我觉得我基本算是一个理智的人。我已经开始计划和他在一起的生活，包括家庭和工作。可是，命运居然在这个时候让我尝到了爱情的滋味。

这一段属于孽缘。对方是个玩性重的花心男人，有妻有子，生活安逸。我们认识快一年，他是我以前的上司。其实我对他一直有好感，只是我自己没有留意。直到某一天晚上，在我们一起出差的陌生城市里，他突然对我提出了性要求。提出的方式含蓄而温柔，我没有觉得厌恶或者惊恐，当然也没有傻到接受。我们只是牵牵手，聊聊天，看看电视，在并排的两张床上。

然后就没有然后了，回到熟悉的城市，一切

恢复正常。我清楚他没有真心，更枉谈爱情。可是就好像小偷无意中撬开了禁锢的门，幽闭者这才发现，原来门外月满繁星夜，此生居然从未见过。

也许我是错把刺激当成激情，把暧昧当成爱情。可是改变是实实在在的，每一个看见我的人都说，我变得容光焕发、生机勃勃，变得成熟、快乐，甚至散发出女人味。我开始觉得人生有滋有味，生活妙不可言。

可是面对男友，我更加难以忍受，每周两次的约会，喝喝咖啡，看看电影，好像例行公事，我总是忍不住注意时间，希望早点结束。连同他牵手、拥抱都提不起兴趣。

于是，就在昨天晚上，我终于说出了真实的感受：我没有办法爱上他。他很理智地接受了分手。

我把分手的事告诉父母，他们视我为异类，认为我错失了最好的人选，误会了幸福的真谛。母亲对我说，卿卿我我不长久，平平淡淡才是真。婚姻就是找个可靠的人搭伴过日子，没我想的那么复杂。

我很疑惑，我的决定也许错了，我身边的人确实如我母亲说的那样安安稳稳地过着日子，而像我这样跟着感觉走的，只在传闻里听说过，结局往往都是悲剧。

我深知自己是个不安分的人，我有令人羡慕的工作，却立志做个推理小说家；我有唾手可得的幸福，却不认为那是幸福。在我身边没有一个人看好我，不管是我的梦想还是婚姻。

我留意过版面，1500字之内，若有幸登出来，不劳您删减，若没有这种荣幸，请尽快给我意见，哪怕一句话、一个字都好，现在回头还来得及，再迟，恐怕一生就真的错过了。

最后，谢谢您看我的信，祝您幸福。

Canoe

Canoe：

观察得真仔细，也很贴心，果然1500字之内。那我就不删减了。

但是，这世上存不存在这样一件事，即我回你邮件，“哪怕一句话、一个字都好”，不然，你的“一生就错过了”？

不存在。这世界上就算没有你现在看的这份报纸，也没有这个专栏，甚至上海整座城市忽然被外星人掳走，此时此地只剩下一片蔚蓝的大海（当然，考虑到环境污染，用“淡黄的大海”比较贴切），只要你还存在，你的一生就不会错过。也没有26岁这条“梦与非梦”三八线。

你的一生，也许和你的鼻子一样显眼，也许和你的阑尾一样隐密，它们都会忠实地陪你一生，比狗还忠诚。也许有较劲的好辩者会亮出他的右小腹，露出一道疤痕：老子的阑尾早割掉了！好吧，修正一下：阑尾发炎，只好割掉，可是你的人生无法割掉，即使它发炎了。

这种判断也许有违许多人的感受：我确实是因为某个人或某句话，改变了我的想法。这难道不是真的？这是真的，但前提是你主动地寻找某种对话了，只要用这个掌控自己思想的行为，你迟早会找到这个改变你想法的某个人、某句话，只要你开始吃，就一定会饱，在哪一口饱，并不知道。

也就是说，你从来都是你的，而不是外人的。

人若老觉得自己属于他人，认定自己在程序中，错过了一步，就错过了一生，在幼儿园尿了一次裤子，人生就输在这次储尿期的膀胱压力过高。当我们老了，坐在壁炉边，炉火映红了你苍老失意的脸庞，你说，若不是那次年幼无知的尿尿，我的人生必然大不相同……

这是什么思维？这是一种公务员式的思维——并非因为你是公务员才这么说，即使不是公务员，也可以用公务员思维，无论是从实体存在，还是从思维模式，我们都是当之无愧的公务员大国。

公务员是以命令和服从作为主要运转模式的一种职业，在发达的体制中（我们的公务员制度也会朝此转变），高级政务官也多从产业界、学界空降，绝大多数公务员的程序性、事务性更强，个性并不重要，存在感也慢慢消失，然后对稳定感的需求急剧增加，因为除了这稳定的系统之外，再无可适应的地方——这种恐惧感也有利于提升公务员的忠诚度。

所以公务员父母更愿意自己的孩子当公务员，也希望自己的公务员孩子的伴侣是公务员，如果上帝能答应他们一件事，则自然是孙子（女）出生时就通过了公务员考试——这么极致的稳定，才是完美。

外在的稳定变成了最大的价值，却不在意内心的感受，甚至将消失自己以求和他人的和谐，这种思维方式与生存方式是反人性的，除了让自己非人，否则像你一样难受是必然的。

“变得容光焕发、生机勃勃，变得成熟、快乐，甚至散发出女人味。我开始觉得人生有滋有味，生活妙不可言。”——恋爱中的女人，都会如此；当然，这不意味着你爱的那个人正确，只是说，在恋爱中，必然会出现这种感觉，爱让一个人意识到了你自己。

自己才是一切的中心，而不是稳定。

祝开心。

连岳

2010年7月6日

那只驴在做决定

连岳：

你好！

从何说起呢，我是一个正在奔三的大道上飞速奔驰的败犬，说是“败犬”，我好像还没有资格被冠以这个名号，人家事业有成的单身女强人才能被称之为“败犬”呢，我呢，我算是什么呢？准确地说是一个整天为温饱而挣扎的大龄女青年罢了。

一转眼我已工作了好几年，我从学校一毕业就进入了一个人人都觉得很好的单位，我自己也觉得自己挺牛了，因为我毫无家庭背景，学校也不是太出众，一毕业就能进入这个单位，我就觉得有一条康庄大道在等着我，可不久就被现实刺破了我的幻想，因为没有背景、没有工作经验只有从最底层做起，平心而论，确实是非常枯燥让人烦躁想发疯，我是一个非常畸形的人，因为换成别人，要不就是换工作走人，要不就是静下心来安心工作，再往上爬。可我，一方面觉得不想做下去，一方面又觉得薪水还是说得过去，如果不做，我不知道我的下一份工作是不是就能让我远离这些烦恼呢？我就是在这种很矛盾的情况下度过了几年的青春大好光阴，在工作上也是静不下心来，每天都过得很辛苦，对家里人安排的相亲，是能糊就糊，能推就推，家里人被我弄得要发疯，可我确实一点都不急，我总是觉得那个人还没有出现。

直到2006年底，我突然不想这样整天浑浑噩噩地过下去了，在接下来的2007年前大半段，我觉得自己就像变了一个人似的，我对工作很上心，很努力，新来的领导很欣赏我，自己的投资也做得很好，我的投资最顶峰的时候，再贷点公积金就可以在我们这的一个新兴中心地段买下一个二手房了，当时的我觉得自己的命运都是在自己的手中，我觉得靠自己的努力完全可以改变我自己的命运。这时出现了一个男孩，我现在想想他应该是一个做老公的好人选，可那时候的我心高气傲，觉得他工作了好几年竟然都没有房子，人长得又不好看，为什么我的朋友同事比我强的不如我的都能找到有房有车的，为什么我就要找这个没房没车没长相的呢。接下来的事，就是中国人人都知道的股市大暴跌，我从信心大膨胀到收益大爆仓，截止到现在还有很大的亏损，天天过着以泪洗面的生活。

再后来，突然的领导变动，一个原来人人觉得属于我的岗位毫无征兆地变成一个我觉得很不如我的人来做，我被换成一个光出力不赚钱的岗。我突然觉得原来我努力不努力，都是没有用的，我总落得一个鸡飞蛋打的下场。岗位越来越没有前途，至今单身，没有房子。看着身边的朋友同事一个个结婚生子，而我却落到一个大龄青年的下场，这是我怎么都没有想到的。越来越觉得自己衰老，所以死的念头不止一次地在我脑海中浮现，我真的很想死。我不知道我对目前的状况还能够忍受多久，工作没有前途，几乎挣不到什么钱，结婚对象越来越难找，我觉得我的人生就像是一出悲剧，我不知道该怎么样才好。最近在看《败犬女王》，我深深地被女主角吸引，倒不是羡慕她最后能等来男主角——我这把年纪越来越对那些幻想免疫了——我只是在想我的人生茶几上，怎么一大堆杯具呢。工作搞得一塌糊涂，长这么大好像也没有什么人喜欢过我，我也好想象其他那些虽然是单身但是靠自己赚得有房有车的人，好歹还是有些东西的吧，不像我，我有什么呢，我都能想象我一个人在孤老中死去的画面，我觉得自己的人生很失败。

听我这么碎碎念，你如果看到的话是不是很烦。虽然我对自己说，肯定有很多人写给你，你不一定会看到我写的这堆垃圾，更谈不上回复。可从内心深处，对被家人的唉声叹气，朋友的渐渐远去搞得麻木的、最重要的是一步步被自己玩死的我来说，不知道我，这只一无所有的“败犬”，在温水变成开水之前，能否跳出这个自己亲手炮制的坟墓，渴望得到你的答复（好长时间没有动过笔了，前面那几句通不通啊，有点茫然）。

温水煮败犬

温水煮败犬：

让我把你那只漂亮的驴牵出来亮一下。

在美国民主选举史上，人人都有投一票的权利，也不是来得那么轻松。曾经有一派强烈的意见，认为有一定财产的人（比如60美元）才有资格投票。这听起来似乎有理，没钱的穷鬼本来就低人一等嘛。其中的不合理，要用好几篇论文才反驳得清楚。

这时我见过的最聪明的反驳出现了，这个妙人说：如果明天是投票日，我有一只驴，它值60美元，这时我有投票权；晚上这只驴不幸死了，明天早上我却没了投票权。请告诉我，是谁在投票，是我，还是这只驴？

正是因为有不少人能这么利索地说道理，美国终于慢慢走到了一人一票的文明制度，驴不再参与投票了。

一切应该以人为核心，外在不能取代人的地位。

这就是说烂了的人文主义，可无论说得多烂，人还是有意无意被驱逐，重新又将驴供回神坛——有的地方，驴从来都没离开过。

客观地说，你是一位骑驴的女人，而且是透明的女人，你总是认为人们的判断力应该放在你屁股下的驴上。这只驴，是领导、是单位、是股市、是房子车子、是别人的老公与孩子。就是没有你自己。人文主义时代的爱情，一定得有人，得有自己。

为了避免非此即彼的二元思维再次发作，这里得再重复一次原来说的：爱情不是精神胜利法，它要建立在物质的基础上，房子、车子、金钱保障等，都值得争取，都很重要。只是这些物质是用来保障爱情的，而非物质必然产生爱情；就像氧气保障植物的生存，但买多少罐纯氧也不会凭空开朵花。

从你的叙述来看，你是个幸运的人，从单位到收入、从股市到恋爱，依你自述，都曾经有让你满意的人和事出现，缺的就是你点头接受。这时候，你也将它（他）们视为透明，更在意它（他）们身上的那只驴子。很遗憾，总是有只更大的驴把它们比下去了，这也是太爱对比的必然结果。

只有为别人活的人，才喜欢对比，凡事不是问“我喜不喜欢？”而是“观众喜不喜欢？”每件事都在等裁判亮分——他人的一句话、一个眼神、一次暧昧都能左右你的心情，最后变成了发疯的田忌，总是把自己的下马和别人上马比，必然找得到一个人比自己的身边的人强，越比越沮丧、越不满、越愤怒，最后觉得全世界都欠她，自己最不幸、最可怜；其实谁也不欠她，只是自己欠自己一个公道罢了。

别活得那么辛苦，多问自己合不合适、自己能不能承受、自己爱不爱；事事想到自己身上这只驴会不会让人拍它的屁股赞叹，那就不得不做许多自己做不到的事，这自然无法得逞，只有伤心失望。

爱人，不要爱驴，哪怕它在键盘上的对应字母是LV。

祝开心。

连岳

2010年7月14日

我们能不能经常说说话

连岳：

你好！

作为一直默默支持你的读者，好几次想给你写封 email 说点什么，却总是因为一些所谓的怪异的想法而放弃。而今天，我终于还是写了。

首先介绍一下我自己吧，“80后”，男，外企职员，收入不高不低（工作似乎还蛮有成就感的），外表一般，思想成熟（？），gay。

对，没错，我是 gay，身份认同对我来说是早已完成的事情。我也不会结婚（结婚对我来说是非常荒谬的想法，我没办法接受和一个不爱的女人生活在一起，吃饭、睡觉、做爱甚至生孩子，虽然我可以做到）。只是对我来说，人生路漫长，我只想，只想，只想找一个，我能喜欢的伴侣，一起过日子，吃饭、做爱、睡觉、吵架、旅游，等等。

其实写这封信的想法是源于一个人，一个和我认识一个星期打得火热却在几个钟头内提分手的人。说实话，他向我提分手我一点都没惊讶（虽然说我这个人总是把感情的事情设想得很美好），而更“糟糕”的是，我没有恨他。甚至我担心他（他是一个非常优柔寡断而且善于隐藏的人）。就在一个多小时前，我们的最后一通电话里，我说，××，你和我提分手我并不怪你，我只是担心你，一直以来，我知道你有很多心事，你从未向我提及。他说，是我的错，对不起，你把我忘记吧。

连岳，你知道么？我虽然不会结婚，但是每次看到别人结婚，我都好高兴、好羡慕。因为无论这两人是否真正相爱，结婚那一刻的场景却都很甜蜜，有亲朋好友的祝福，有盛大的婚礼。我知道，我没有办法享受这一切，我也不敢想，同志结婚在中国这个社会在未来相当长一段时间内都是不能被接受的吧。所以我只希望，能有一个符合我条件的男人，能在我需要依靠的时候给我肩膀来依靠，能在我需要有人说心事的时候说心事，能在我生病的时候陪我，能在……

不怕你笑，我对很多人说过，我做好了一辈子孤独的准备。但是我真的害怕啊，一个人一辈子永远都是一个人那该有多孤独。很多人说，不要相信 gay 之间的感情，那不现实，总有一天要分开。可是，可是，可是，人还都是需要感情的对么？

现在的我，已经迷惘了。前方的路，我究竟

应该怎么走。父母不知道我的性取向，非常起劲地帮我介绍，而我却没有任何兴趣。不知情的好友都会觉得我要求太高，其实我根本是有苦难言。难道，这一份真爱，真的这么难找？

以世界观、价值观、人生观来说，我都是没有任何问题的。工作卖力（似乎是一种空窗期的寄托），可是问题究竟出在哪了？希望能得到你的提点。

最后，祝你能身体健康，家庭幸福。

Johnson

Johnson：

不会恨好啊。花一天爱，却恨十年，这样的悲剧就可以避免了。

恨是人的正常情绪反应，也是表明自己存在的方式，正如小孩对妈妈说：我恨你。人类社会的许多建构，是围绕着释放恨来完成的。媒体、公开辩论、议会，你通过直接发言或代言人表达出自己的不满，以让不同意见的人、必须承担责任的人听到。宗教的告解和心理学的治疗，也在试图以超验和经验的不同方法离开恨的苦热。

恨不释放，积蓄在心里，就像钱存在银行里生利息，数字慢慢变大，忽然取出的那一天，会吓人一跳，被钱吓一跳当然不错（只是这事好像从没发生过！），被恨吓一跳却不太舒服。

多数婚姻不值得羡慕，因为那里面很少像你所描述的："能在我需要依靠的时候给我肩膀来依靠，能在我需要有人说心事的时候说心事，能在我生病的时候陪我。"婚姻普遍呈现出来的低质以及对人的挤压，仿佛忽然停止的电梯之于幽闭恐惧症患者。我甚至觉得，相爱的人住在一起就行了，婚姻的形式大可取消，这样最单纯，不必取悦与忍受对方的父母，不必有年节的送往迎来，不必有许多想当然的干涉，而且也更有利于对付房产税——好吧，话说远了。

别怕，喜欢婚姻这个形式的人——婚姻还是会存在的。这世上许多事，没了结婚证还真不行，据说有的地方住酒店也得出示结婚证。相爱的两个人，除非去美国西太平洋大学买张“相爱证”，不然就住不了房，或者只好开两间房，再悄悄住到一块。

如果只追求一张纸的劣质婚姻，我想，你并不需要担心同性婚姻的合法化问题。

玩笑话且不说，争取婚姻权当然是同性爱争取平等权利必然要走的，我想婚姻更多的含义是像你所说的，那也许意味着愿意陪伴自己爱的人，而不是只为了生孩子、获得社会认同、对父母交代这类表象。

想结婚的人，也许有不少人真是以为不再孤独，是相信爱的，到了后来，随着时间的流逝，却不相信爱了——不过倒也不孤独了，有个让自己烦的人陪着自己，也没空余时间想孤独这个略显文艺的主题了。

婚姻的恨没有出路，就必然会消磨爱。而婚姻的不利之处在于：它容易生恨，却不容易维系爱。两个人的摩擦、两个家族的摩擦、老人们组成的多嘴的元老院，种种琐碎乏味丛生，却又难以逃脱，穿爱情锦衣行走在这荆棘路上，衣服再漂亮也不舒服。恨会隐藏和变形：话越来越少、对抗越来越强硬、不在乎对方的感受、任意变肥变丑、用母（父）爱取代两人的爱情（这条症状多发，也是孩子可怜之处）……

长久地爱一个人之前、尤其是在婚姻之前，可能这个问题要想清楚：我们在一起，能不能消解恨？能不能不恨？换成细节就是：我们能不能经常说说话？

祝开心。

连岳

2010年7月20日

今晚夜色真美啊

连岳：

你好！

现在的我是个沉闷不喜欢说话的人，可能是受现在男朋友的影响，他内向，很少跟人说话。在网络上我是个很受男生欢迎的女孩子，细心、体贴、能说会道，因此有很多男孩子喜欢我。这也是现在的男友喜欢我的原因之一吧。和男友认识是在一个企业的面试现场，我看到他的时候完全被他吸引了，后来他说他也是。而且也是他提出要在一起的。在一起的时候我们还有 3 个月就大学毕业了，大家都嘲笑我是黄昏恋，我只能笑而不语。现在我和他都上班了，但是分隔两地，坐火车要二十多个小时，而且工作都很忙，他每个月只有两天休息。我们都做好了这半年内见不了面的准备，甚至连上网视频都没可能，因为工作地点太偏僻了，条件也很差。

我是个很容易满足的人，既然有了男朋友就不会再想去换。我也很专心，就算有帅哥也吸引不了我。但是最近几天以来，每天听到宿舍室友跟男朋友电话里甜言蜜语的，我就很羡慕。而我，只能坐在床上发呆、空虚，因为他在仓库里工作，短信发过去半天都不回，我就在那里不停地看手机看手机。仓库里也不准打电话。

这些我都认了，工作忙这是没办法的事。但是他下班之后就只是给我一条冷淡的短信：“你吃饭了么？”但是为什么他不能下班给我打个电话呢？我很想听到他的声音，基本上都是我打过去，他接了说下班了在公交车上。或者就是我打过去的时候他在宿舍，他说“我正准备给你打电话/发短信”。我说有那么巧吗？每次我打电话过去你都准备找我？或者偶尔他打电话过来（基本上都是我生气他不给我打电话的时候，他才打过来），我和他的语气都不好，说着说着就吵起来了。甜言蜜语更不可能，电话里不可能说，短信里也没有。短信就是“你吃饭了么？你起床了么？”之类的。每天说的话感觉就像是废话，到了中午12点谁不会去吃饭？有几次他洗完澡就睡着了，也不给我发短信打电话，我就不停地打过去，但是一直都没人接，我并不知道他睡着了，他也没告诉我。感觉我和他每天说的寥寥几句话，可以完全省掉，或者可以和手机里面任何一个人说。我和他没有任何迹象表明像是恋人，就像普通的两个人，朋友都算不上，只是相互认识的两个人。

根本就没有爱情。

本来两个人异地恋就很难了。为什么他不能多关心多体贴我一点呢？我是女孩子，需要关心需要体贴！在这里上班，除了每天上 8 个小时班，其他都没事干，空虚得不得了，想和男朋友发个短信打个电话都不行。其实还有一个问题，就是当初刚认识的时候，他说无论我到哪里工作，他都会陪我一起。但是那样肯定找不到好工作，因为我在现在工作的地方只待 3 个月，3 个月之后又要走了。我也不希望那样耽误他的前程，他没有一份正式的工作也很丢人，会让他爸妈脸面过不去。所以，最后他并没有跟着我来到这里。

但是我并不是不想和他在一起。他现在一无所有，家境也不好，以后的一切都需要我和他一起努力。我从来没让他给我买过衣服，什么都没有，他有说给我买，我说不要，等你有钱了再给我买。而且我需要什么的话，我会自己买的，我需要一双鞋子，不会因为他的出现而改变，我要自己买。我对他没什么要求，没有物质方面的要求。我只期望他能多关心我，在乎我。以前的他总说跟我有聊不完的话题，而现在的他又像以前一样闷，吃饭的时候也很少说话，只是发着呆。

我问问自己，以后愿意和他一辈子地老天荒吗？我说，愿意。

这是爱情吗？是吧？

但是我和他现在的状况，有爱情吗？我想要的体贴和关心，我得不到！但是为什么还会坚定要在一起呢？

我试着像你那样给自己一些建议，但是我做不好。别人的爱情我像个大师一样指指点点，但是我不知道怎么处理自己的爱情。

很抱歉，我很想把这封信写短一些，好让你能尽快读完，多拯救一个受伤的人，但还是写了很多。呵呵……

祝你开心，工作不要太累！

小乱地老天荒

小乱地老天荒：

你真是个体贴而又会聊天的人啊。写了这么长。

这封邮件有点像上周话题的延续，从“我们能不能经常说说话”到“我们如何说话”。

所谓“谈恋爱”，第一个字是“谈”，这说明爱情是语言的艺术。

语言既然是艺术，两人沟通的默契与气场，它们的建立，就是爱情产生与维持的力量。

两个人的语言是不同的，就像两种语言一样。有个日本作家曾问学生：“I Love You，如何翻译？”这多简单，学生都说：“我爱你。”“哦，不对，”他说，“日本人应该会说：今晚夜色真美啊。”所以一个日本男人听到一个日本女人说：“今晚夜色真美啊。”就可考虑求婚了。而不知这个语境的男人冒失地说：“哪有啊，昨天夜色更美。”那就煮鹤焚琴，扫兴之极了。

两个人的语言也是不同的。有不同的表述方式。他给你短信：“吃饭了没？”你的反应是：“每天说的话感觉就像是废话，到了中午 12 点谁不会去吃饭？”这确实是废话，不过这里的“吃饭了没？”就是“今晚夜色真美啊”。不一定是实指，而是虚指，代表着：我关心你啊，我想你啊，如此等等的话。

一个本来就不善聊天的人，只能用最日常的话起兴，你一声断喝，一脸不耐烦，他更不知如何开口了。顺着中饭的内容说起，又有何不可呢？

这期专栏他能看到最好，这样也就了解了你的需求。

如果不能看到，你又确定是爱他的，再加上你知道症结所在，那么，就由你开始主导吧，不要生闷气，不要让人瞎猜。

你做得到，你是一个细腻的人，掌握了语言，比如这句："而且我需要什么的话，我会自己买的，我需要一双鞋子，不会因为他的出现而改变，我要自己买。"要用多少平权术语来论述的态度与观点，你轻轻松松，一双鞋子就说明白了。

你多说一点吧。他不会因为你话变少而话多，只会因为你话多而说得多，是吧？

感情中常玩的"猜猜我为什么生气"，这是不宜多玩的智力游戏（虽然很多人爱玩，也有人玩一辈子），偶尔玩一次可以，玩多了的结局就是猜的人猜不出，生气的人气得半死，假生气都变成真生气。或者另一个人由于猜不出或者会错意而觉得委屈，后来他也生气了。有什么想法直接说，这是效率最高的沟通方法，不仅可以口头说，还可以写邮件、发短信。总是有办法沟通的，找不到沟通办法，那就不存在爱了。生气是被爱者的权利（表示自己受宠），但也是危险的权利，过度会伤害爱情。

感情中应该玩一辈子的是白痴废话游戏:“你一点也不胖!”“你很漂亮啊。”“你该买新衣服了!”(记住,要主观臆断,忽视你爱的那个女人的具体情况,像唐骏坚信自己有真的博士文凭一样,自然而然地说出这些话。)

(脱离主题一下:文章写到这里本来应该结束的。但猜想有人会问:那说给男人的白痴废话是什么呢?那当然是少说几句话啦。)

祝开心。

连岳

2010年7月27日

爱一个人，而不是改造一个人

连岳：

您好。

他是个不幸的小孩。父母没结婚就有了他，于是他们结婚了，没等他出世父母就离婚了。哺乳期由母亲抚养，之后由奶奶抚养到小学毕业，再由父亲抚养到初中毕业，之后又由母亲抚养到高中毕业，然后他离开了他们来到了大学，我们相遇的地方。

如果一个人的幼年、童年、少年用上面的文字来描述，你能想象现在这个人是什么样的么？我初恋恋的就是这样一个人。我不知道是该庆幸还是该后悔。我们在一起三年多，最后协议分手。他曾说过，两个人分开，无外乎两个原因：一是钱，一是第三者。分手时我眼中含着泪，嘴角挂着笑，对他说：我们应该脱俗了吧，我们分开既不是因为钱，也不是因为第三者。

我们几乎没有争吵过，因为我们两个都是极度敏感的人，对方声音略微提高、音调稍微变化我们都能发现。他在争吵的环境中长大（父母后来都再婚，但都没找到幸福，又都离婚）。他说每次他们吵架他就出去逛，逛到确定他们已经不再争吵的时候再回家。我在从不争吵的环境中长大（我父母关系很好，在我记忆中他们从来都没争吵过）。所以我们两个都不会争吵，我们的很多问题都是通过协商解决的，包括分手。呵呵。那么，为何要分手呢？两个人在一起不能使彼此幸福(冠冕堂皇型)；我不能使他幸福（伟大无私型)；他不在乎，对我不好（自私型)；他胸无大志，跟他混没前途（世俗型)。奇怪？怎么只有四种类型的理由？我一直觉得我这个身体内住着五个人，也许另外一个没参加这场恋爱。

他带着厚厚的虚伪面对着周围的人和事，所以看起来他随和、随性、绅士，略带一丝忧郁。不可否认，当初我就是被他这些特性所吸引，原谅甚至接受了他的虚伪。在一起这么久，我们也经常推心置腹地交谈。我（“伟大无私”的那个)曾经希望我能“拯救”他，剔除他内心的消极，给他带来幸福；但一次一次地，我败下阵来，在我看来，他有点像受虐狂享受受虐一样，喜欢上了那种心灵的痛楚。我的“拯救”不见一点起色。“伟大无私”也放弃他了，“自私”和“世俗”不用考虑，早就放弃他了，因为他很少为我的幸福和快乐着想，因此说不上“在乎我，对我好”；他不为事业前途考虑，下班就打游戏、逛猫扑、豆瓣，说不上“胸有大志”。而“冠冕堂皇”随着“伟大无私”的撤退也败下阵来：他根本没在努力让我幸福，而我让他幸福的尝试也失败了。更让人心碎的是，他厌倦了我，嫌我不化妆、不穿漂亮衣服，嫌我下班之后买菜做饭，弄得自己像个家庭妇女，而他喜欢的是名媛淑女。

说了这么多，不管直接还是间接，都是说的他的缺点，在您面前我可不敢耍手段，不知您从上面的“申诉”中有没有看出我的缺点，不管怎样，我觉得还是主动交代的好。我的缺点：做任何事都要站在“理”这一边，“千方百计”把对方拴到耻辱柱上，把自己打扮成十足的“受害者”。由于了解自己这一点，上面的申诉，我尽量采用了中立的词语。

现在，他流露出后悔、舍不得了。“伟大无私”的那个我想问连岳，他还有救么？

合五为一

合五为一:

回这封邮件时，微博上的一些朋友正在说一位演员自杀的事情。

这让我想起前几年一位朋友自杀，那天清晨接到电话，人一下很难受，想到不久前还一起吃吃喝喝、互相开开玩笑的人，就忽然没了，开始不能接受，想了一整天，就接受了。我接受别人的一切选择，包括死，既然深思熟虑后不愿意活下去，对她这必然是最合适的选择。

不知道一个人起了弃世之心，是因为看不到她的痛苦。在反差之下，生者会陷入无谓的自责：为什么看不到她的悲伤？或者变成她责：她为什么隐藏她的悲伤？

人都会隐藏悲伤的，这是人性强大而美丽的地方，习惯微笑，习惯不用自己的烦恼去打扰他人，这本身就是好习惯。

我们是怎么样的人，我们面对何种命运，这是我们自己该承受的事情——换言之，也是别人该承受的私事。

爱情是生活中重要的环节。爱情确实能改变一个人，把大麦变成威士忌、把葡萄变成白兰地。但这改变是他自觉的改变，你就是像春天一般伟大，荆棘也开不出莲花；改变不是外在强加的，你就是像监狱一样强大，鞭痕也只是皮肤外面的疤，影响不了内心。

每个人都应该恋爱，每个年轻人都应该多恋爱（除非运气很好，一次就找到自己的最爱），就是因为自己这颗种子，在爱中生长才能发现自己是什么，是一根葱？还是一棵水仙？是葱就找蛋，好炒一盘小菜；是水仙就找溪流，好互为映衬。

每个女人都有自己想象中的男人。我相信这个男人（不会百分百契合）也一定存在于这个世界，爱情就是找到这样的男人，它是这样一种判断力，你知道这个人会成长为你喜欢的男人，他现在看起来像猫，可骨架是一只老虎。

如果他真是一只猫，那就分手，再找下一只。恋爱就是这样把眼神练得毒辣并慢慢读得懂人性的过程。

但是，无论你怎么发狠，都不可能成为“伟大的无私的我”，都无法把一个男人变成另一个男人，正如你无法阻止一个下定了决心自杀的人，真正决定自己命运的，一定是自己。

只要不妨碍别人，没有什么生活方式是错的，也没有什么人是不对的，也就是说，没有什么人是要被改造的。他想成为再无聊、再虚伪的人都可以。

热爱改造他人，是最坏的习惯。这更是一个折磨自己的坏习惯。

自认为思想先进、自认为生活方式值得他人羡慕、自认为爱着一个人，所以可以理直气壮地改造他人，我们见识了那么多悲剧，大大小小，从个人到社会，根子里不都是想按自己的模子改造他人吗?

可以爱一个人，也可以明确告诉他自己不可退让的底线，但是不能去改造一个人，爱建立在你是一个“有私”的人，当一个人你特别想改造时，就是一个不适合你的人，这也算是爱情的甄别标准之一吧。

祝开心。

连岳

赞颂不稳定关系

连岳：

见信好！

外面的世界有很多婚外恋，在你的书里也提到很多婚外恋的实例，现在我却被困在这种情感中。

我27岁，4年前我结婚了，他对我算是一见钟情吧，老公很老实，在外面话不多，除了上班就是在家里，没什么不良嗜好。听起来好像很好，但是，我和他在一起越来越感觉不到快乐和幸福。其实结婚以后我就感觉不一样了，总是吵架，他没有一点情趣，恋爱的时候还勉强可以，但一结婚什么都变了。他是我的第一个男人，起初几月还可以，后来他就很少和我做爱，他说他很累，一月四次，甚至两次，而且也没有前戏。这些倒也算了，更重要的是他似乎不了解我，不知道我需要什么，我是女人，需要情感的交流，需要拥抱，没事的时候我就想抱着他，就像偶像剧中的那样，轻轻地或者是紧紧地抱着对方什么话都不说，那种感觉对我来说很温暖很踏实。但是他没有。第三年由于工作的牵连一个男同事和我走近了，他也算是领导吧，但我不归他管。就称他C吧。C说他很早就注意我了，那时我和C都没有结婚，但都有恋爱对象，估计都要谈婚论嫁了。C说那时既然大家都要结婚了就没怎样，再说也不知我的想法怎样，就闭口不提吧。现在发现还是喜欢我的，我惊讶。也许我需要拥抱，需要被爱的感觉，我就这么默认了。C大我9岁，说实话我喜欢年龄大的男人，老公大我4岁，但现在看来他一点也不成熟，还很幼稚，说出的话就像个不经世事的小孩子那么不经大脑，看来4岁的差距还很小，所以我接受了C。

起初我们只是一起吃饭唱歌看电影，到后来C说要找个安静的地方抱着我。然后我们就去开了房，C很温柔也很尊重我，那次我们没有做，只是拥抱着对方。C叫我“小宝贝”，他说我就是他的小公主，让他忍不住把我捧在手心好好呵护。我被打动了，终于有了第一次，C很激情地吻我，抚摸我，那种感觉我从来都没有过，连老公都不曾给过我如此感受。我完全投入进去了，我们的身体真的很合适，那次我们都很high，酣畅淋漓的。连岳你知道的，有了第一次就自然会有第二次第三次……我们就这样享受着彼此的身体。

回到家有时候我会感觉很愧疚，觉得对不起老公，但是回去不是吵架就是没话说，我只能任这种模式继续。C对我很好，我和C经常一起去约会，除了做爱他还会陪我吃饭、逛公园、逛街、看演唱会，今年他说还要和我一起去看世博会。上个月我还果断地说要和他分手，但也许身体真的对他产生了依赖，我竟然又和他发生了。我觉得我现在离不开他了，确切地说我离不开他的身体了，我真的很享受和他在一起的感觉，有过了和C的经验我都不想和老公做爱了。连岳啊，我是不是疯了？我现在要怎么办？请你告诉我好吗？

祝开心！

迷乱

迷乱：

我是赞成婚姻的不稳定状态的。

虽然不需要我赞成，婚姻在文明社会肯定会不稳定。正如无论谁不赞成人有权利，人也一定会有权利。正如公鸡赌气不叫，太阳也会照常升起。

无论有多少人厌恶婚姻不稳定，婚姻也一定会不稳定。这种不稳定意味着离婚的成本降低，离婚率提升，意味着婚外情的多发，意味着婚姻回归个人，生活再独特，他人也不必放屁，或者他人说什么对当事人来说，都不过一屁。

这种不稳定听起来像是坏事，像是奸夫淫妇的天堂，怎么会文明社会呢？怎么会赞成呢？

老公老婆与奸夫淫妇，这两对做的是同一件事，搂搂抱抱、卿卿我我，还有，做爱。

唯一不同的是，前一个组合被认同，后一个组合不被认同。搂搂抱抱、卿卿我我和做爱，是一对情侣中必然要发生的事情，婚姻若装在罐头中，它的包装盒上一定会写上：本产品提供搂搂抱抱、卿卿我我和做爱。婚姻中的老公老婆无法完成这种承诺，就只能由奸夫淫妇来代劳。

婚内得不到，就永远得不到，这是超级稳定的婚姻；婚内得不到，婚外可以补，这是不稳定的婚姻。

超级稳定的婚姻，是建立在低人权的基础上的，一旦结婚，个人就走不出婚姻的高墙，无爱无性都只能忍了，这种婚姻无关爱情，有爱也会变淡。不稳定的婚姻建立在人对自己的尊重上，婚姻中缺乏爱与性，就会寻找机会得到，植物闻得到阳光的味道。

正因为婚姻不稳定，有潜在的奸夫淫妇的竞争，婚姻才会变得更慎重，恋爱中的感觉才会持续到婚姻之中，草率的婚姻，当事人也只好草率对待。以你为例，一个男人只需这样表现：C叫我“小宝贝”，他说我就是他的小公主，让他忍不住把我捧在手心好好呵护（看个饮料广告就学得到啊）。然后，你就被“打动了”，上了床。我不是笑你们段位低，而是同情你真是什么也没从婚姻中得到。

低劣的婚姻，丈夫有责任（尤其是一位妻子的来信，陈述想必不利于他），而你也有婚前失察的责任。婚姻的质量不提升，你听不到甜言蜜语，得不到性爱，那你和C的亲近依赖和身体依赖就很难割断，这种“疯了”似的煎熬感也将持续。一个人本来应该得到的性爱，因为有了背叛婚姻的内疚，越是high，回到家里就越low，是躁狂与抑郁的双位一体，这种状态持续太久，人很难快乐，要么改良低劣的婚姻，要么将现在的很享受的性爱关系合法化，可能也没有其他选择了。

不稳定的婚姻告诉你问题所在，接下来的就是去解决，瓷瓶放在不平的地方打碎了，就不要再把瓷瓶放在那里——会修正，男女关系就是这么简单。如果你老在不平的地方放上新的瓷瓶，那就会满地都是碎片，将你的脚割得鲜血淋漓——不会修正，男女关系就可以这么复杂。

祝开心。

连岳

内心自备西藏

连岳：

就让我写吧，不管你能不能看得到，有时候真的想找个人说说话，要是说不到一起吵一架也行。

在我还不懂事的时候就喜欢一个人了，那个时候还是初中生，也没别的，就是每天一起上学放学，去图书馆，手都没牵过，就觉得他很好很好。呵呵～这样的感情在你们看来是不是太微不足道了？是很脆弱，后来无疾而终，只是我心里一直一直放不下，一直一直等，就算他跟别人在一起我也只是在默默地关心，因为我知道，大家都还不成熟，我只要看到他好好的也就没什么要求了，其实也就是嘴上这样说得轻松，从那时候开始我就学会了喝酒。一直到2009年，就真的等了快10年，他终于跟我和好，大家都成年了，应该可以恋爱了吧，结果真的在一起之后才发现，我并不是爱到什么都可以容忍，只要他跟我在一起我就会想起他跟其他人在一起的画面，没办法，都看过听过总是忘不了。所以一个月的时间就这样结束了，等了这么长时间的一个人终究还是这样走掉，这么长的时间里一直在沉淀，在思考到底自己哪里错了，只是一直默默地喜欢一个人，也许是不该这么痴，真的生不了智慧，得不到平静，所以人家也不开心。

快毕业的时候参加同学们的毕业之旅，我以为就这样结束了大学的生活，没想到会喜欢上一个人，他脾气很好，也许女孩子总是对脾气好的人容易心软吧，就觉得跟他在一起很简单，很放松，不用担心有没有话题，本来打算默默走开的，毕竟毕业都是失恋的啊，哪有像我这样要去表白的，但是那天自己可能是脑袋有坑，真的跟他说了，答案可想而知。大家都在找工作，谁会像我一样啊，可是，总是觉得二十多岁喜欢一个人就想告诉他，他的犹犹豫豫也使我放不下，后来从别人口中得知他喜欢的人不是我，心里还真是拔凉拔凉的，呵呵……但是这种事也没有办法，我以为他像我一样傻等着那个女孩所以给他写了封信，结果他的表态是以后可能也不会跟她联系，还说很喜欢跟我在一起，而且很珍惜，所以我乱了，开始纠结他到底心里放着谁？

但是还是很感激这一次可以大胆地说出对他的想念，不管他是怎么想的，可以乱发脾气，也许这些永远不会有答案，但是……怎么说呢，连岳，我一直期待，我的感情可以有回应，不是一个人在努力，在这近 10 年的时间里，有些人好像给过我希望但最终都放弃了，有时候我也想，要不就不要再相信了，不要再为任何人心动，但是没有办法脸皮很厚，每次还是会觉得一颗真心放在那里就真的没有人理会和珍惜吗？真的不甘心。我是一个追求简单生活的人,喜欢他就是觉得跟他在一起可以做一些简单的事，但是他的好脾气，我也只能告诉自己他对谁都一样，本来想就这样先做朋友吧，可是后来发觉不行，可能是我自己太贪心，贪到现在什么都不想了，也不想联系他,就觉得可以想他就够了,真觉得自己可笑，是不是等人等成了习惯，但是这一次还真不知道该怎么去努力。最近我好想去一次西藏啊，去青朴念六字真言洗脱我的罪孽（朋友都笑话我这样的想法），但是，有时候真的也没其他的办法，要不就是用尽所有力量，要不就是有一身蛮劲不知道怎么去使，真的有点相信，可能是自己放不下太多罪孽遭报应。

有个人在旁边，好的不好的都可以说给他听，爱情就真的那么难吗？有时候都不想考虑自己了，就觉得好朋友结婚也算是实现我的爱情理想，像我这样的消极的人应该也写了不少信给你吧，专栏作家也不好当啊，不过，大家应该都没有恶意，只是没地方倾诉,我也是,没地方倾诉对他的想念，我真怕自己这次又等个十年八年。

一个诚恳的人

一个诚恳的人：

我觉得给我写信的人，多是积极的。不愿意放弃爱的人，想消极也消极不了。你就不必替大家道歉了，没人对我有恶意，我对他人也无恶意。恶已经很多了，阅读这个专栏的几分钟，我想做到的就是让你感觉到，爱是存在的，爱是有力量的，爱是无惧恶的。

人的放弃总是从放弃爱开始的。正如想得到黑暗就得关灯。而人要得到，也总是从爱开始，爱一个人，使人不容易恶，因为你总得对她柔软吧？你不会送刺给她吧？而在维系爱的过程中，在使自己"保持可爱"的努力中，一个人总得有内容吧？我这台冰箱，在她打开时，有果汁、水和无糖饮料，有水果和蔬菜，还有冷气吹在她脸上。

爱是一字真言。它就是我们内心的西藏。

有人修行是不能男女双修，爱的修行是只能通过男女。

老听人说要去西藏，要去旅行或流浪，要去一个清静的地方，最近的时髦似乎是见道士，要通过这些方式去找回真我。方法论是"跳出"，跳出日常生活和熟悉的场景，在异常的风景和情境中仿佛才有真理。

你总是要从西藏回家的。吃素几天，眼前也会有各类肉食菜谱取代了经文。跳起的人总要落回原地。爱只在西藏得到，在家里却没有，那就不是爱。

等一个人十年，结果不太美妙。这和西藏的雪山白云怎么比？这怎么悟？

不要重复错误。这就是悟，尤其是花十年时间证明的错误。西藏和六字真言告诉你的，也是放下对错误的偏执。

不仅是你，我也建议所有人，不要等另一个人十年，在隔绝与空想的状态下等更是危险，这相当于爱上一个虚构人物，而你是创造者，只会美化，他无法现实化。美梦成真往往同时噩梦成真，现实中的他与虚构中的他，这两个人的碰撞，总有一个会碎。

爱是欢喜禅，要接触。真实感受这个人的长短，避免幻想，时空隔绝过长时，此人就不真实了。无法保证自己接触这个人，那么最好及时抽身。

我们爱上一个人，总觉得很奇妙，似乎错过了这一眼，就会错过这一个人，从而一生都放空了。不是这样的，你错过了这个人，就会有下一个人，星星够漂亮吧？满天都是。我们爱的是一类人，这类中的某一个人会成为最后那个人，这类人存在于任何地方，你放心错过吧。这正像几亿个精子赛跑，最快的“蝌蚪”成了卵子唯一的爱人，但即使这个卵子不存在，也会有一个跑得最快的精子。连微积分、进化论都有人同时想到，几个适合你的好男人好女人同时存在的可能性太大了。因为某种淡淡的好感（或严重到缘分感）而等个十年八年，那是违背规律的爱情虚构。

在哪里都可以悟，这是真佛；不死守、敢表达、善于寻找爱，也找得到爱，这是真爱的学问。

祝开心。

连岳

2010 年 8 月 3 日

人的命运

连岳：

你好！我是个到了生育年龄的“80后”已婚女，却执着地希望生个男孩子，倒不是因为封建，是因为我那个破碎的童年。用破碎二字来形容的确有点过火，可说到这里我还是止不住流泪了……

和所有“80后”的孩子一样过自己天真烂漫的童年，我有老实巴交辛勤劳作的爱我的父母。虽然小时候他们都很忙（因为后来发生的那些事情，我常有错觉总认为他们对我监护不周），但平心而论他们和其他所有的父母一样，在他们力所能及的范围内爱着我。可是在某个他们不经意的日子一切变了，一个长期孤独的老男人把我和几个小女孩哄骗到他阴暗矮小的屋子里，让我们集体观摩了他身上最肮脏的东西。当时年龄太小只有些记忆的碎片，他让我们干了什么，或对我们都干了什么我都记不太清楚了（也许是太过痛苦和厌恶，我本能地选择性遗忘了一些情节）。

我没有对任何人包括我的父母说过这些事情，

确实是太小，被他骗去也是好奇心驱使，完全没有意识到那是对女童的性侵犯。多年以后想起我总会安慰自己那是一个噩梦，可终究血淋淋的记忆还会不经意地相互印证。记得我再稍微大一点的时候，那个老头子又出现过一次。对了，忘记介绍这个老头了，他是我们的一个老乡，因为长相丑陋、脾气古怪一辈子未娶，现在回想起来他常常是露着满口的黄牙，有的已经长得变了形的长，笑盈盈地对每个他见到的人讲着话（这些记忆太让人反胃了）。出现在我记忆中的这个孤老头，这次是摸了摸我的屁股，还是笑盈盈地说小姑娘长漂亮了，可能是惧怕我大点懂事了，他没有再进一步出格。

不知道是因为我小时候长得太乖巧，还是因为长一副受欺虐的样，总之这种事情在我身上又发生了一次。在医院，一次生病做体检，一个年轻点的男医生借故检查，支走我的母亲之后趁机用手摸了我身体上一个完全不该检查的地方。记忆中他很年轻，估计也是头回作案，摸了之后又紧张又惶恐，恐惧远大于给他带来的快感，他急促地匆匆结束了检查，消失在我童年的记忆里。于是我现在就完全不信任那些个男人了，尤其是长期不和女人交往的阴暗男，或是年纪长一点的孤僻男，甚至是我的父亲，我几乎警惕所有年纪大的男人（这点让我很难受，我淳朴的父亲啊，就因为我童年的不幸经历，影响了我在青春期和父亲的交流。记得有一次就我和父亲两个出去旅游，期间因为想节省和安全一直住一个房间。虽然一人一个床，我一路上都是心有余悸地存着戒备，有意和父亲保持着距离）。

我终于还算平静正常地走出了童年的阴影。之后结了婚，和一个我认为比较单纯善良的男人过着快乐的时光。现在的我很想生个男孩，我有能力保护自己，但的确没有能力处处保护我的女儿。虽说现在谈论我的女儿太早也太可笑了，但我可以想象将来有那么一天，幼小的她不可避免地会和一个老男人单独接触，也可能远赴他乡求学，不幸遇到一个长期和妻子分居的、未婚的或是还没有找女朋友的荷尔蒙又过量的男人。她离开我的视线一秒钟，我都会歇斯底里地想象和担忧。一想到这些我几乎自己就先要崩溃。当然，小男孩也有受成年女性骚扰的经历，但在我看来毕竟是少之又少的小概率事件，比起养一个小女孩的风险低多了。

这个心结时不时会跳出来打击我折磨我，就像今天这样没来由的，一本育儿的书都能在最后调起我对这些事情的全部回忆和想象，令我痛苦不堪又无人倾诉。育儿再好能抵挡得了一次偶然事件给她带来的伤害吗？最近我和老公是有生育的打算了，一切还只是开始，性格孤僻怪异的公公就开始因为怎么育儿、谁来育儿的事情和我发生了争执。公公也没有说性格多孤僻多怪异，只是我本能地会对年纪大的男人有这样的偏见，甚至是电梯里见某位爷爷抱个外孙女都会有点不大自在。不知道我该怎么去让孩子学会坚强地保护自己。孤老头、男医生、我的公公或是未来的某人在荷尔蒙爆发的某天再次遇见童年中那些被哄骗进小黑屋的其他女孩或是我那没有自我保护能力的小女儿，他们会做怎样的事情？我是不是因为这些经历有点过虑了？帮帮我吧。跪谢！

子

子：

求生男孩，从送子观音到江湖游医，全没办法（虽然他们号称有）；我也没办法，如果有，政府应该把我抓起来枪毙（当然政府这样做不对，我只是表达一种情绪），因为那样世界上只会剩下女孩——我更喜欢女孩，会让所有人生女孩。

小时候受到性骚扰（或性侵害），这在我收到的邮件中，占了不小的比例，发表在这个专栏里的，也有若干封了。在生活简陋、粗放的环境里，这类事情看来不少。到了现在，乡村的留守儿童增加，在学校与家庭教育中，性又几乎是禁忌，对孩子在性方面要有适当的自我保护和警惕的教育还是相当稀缺，可以想见，这类事情发生的概率可能不会降低。

除了家庭与社会适当的防范，另外还要补充一个更重要、更现实的想法：生一个孩子，和开始一段爱情一样，他必然会面临一定的风险与危险，这是无法改变的，如果硬想改变这些，那就是焦虑成疾，除了看我的专栏，还应寻求专业医生的治疗了，该吃药的事情不要回避。

男孩的成长过程，和女孩一样，也会面临诸多风险。我讲个自己的故事给你听。由于外公和几个舅舅都是监狱的管教干部，我小时候在一座高墙电网绵延几十里的监狱旁边生活了一段不短的时间。监狱里农田、河流、工厂、果园，一样不缺，我们这些管教干部家的孩子，由于脸熟，经常在监狱里闲逛找乐，下池塘游泳、偷甘蔗摘桔子，逍遥自在。

有天，我独自一人穿行在监狱里的大桔子园去找同学玩，一位看守桔园的犯人忽然冲到我面前，掏出他宝贝，有点急切有点害怕又有点可怜地说：摸一下，摸一下……在牛、狗、猪之后，我第一次看见人类的大型生殖器勃起。我看了一眼，觉得还是我们小孩的东西清秀可人，淡定地走开了，这个抓狂的家伙也就迅速闪开。现在想来，如果我当时大喊大叫，说不定他一慌之下就要杀人灭口，埋在一棵桔树下面，我现在就是桔子了。现在为了证明自己处乱不惊、天赋异禀，我还经常跟朋友说这个例子。

男人就算到了成年，也不安全哪。我有个朋友，高大威猛，一把美髯，某次去麦德龙买啤酒，有个男人借口夸奖他的胡须，忽然就摸他一把，豆腐就这样被人吃走了。

也许你会说，男性经历这样的事情，不也就当笑话来讲吗？那么，更合逻辑的是，那些可怜的丑陋的骚扰女孩的男人，他们难道曾经不是某位母亲的可爱的漂亮的男孩？这样的命运不更可悲？现实中男监数量远远超过女监，男性犯罪率更高。说到一生幸福安全、远离罪错，生女孩才是好的选择（当然这不应人为选择）。

无论是人生还是爱情，你要找到理由吓自己，一定找得到；你要为自己的错误选择找借口，也永远找得到。曾经有位妈妈生了个男孩，成年后，他依然温柔地想念妈妈、喜爱艺术、生活健康、在美术和工业设计上口味不俗、既是畅销书作家、又是演说家、一度是超级巨星，他也绝对没干过性骚扰儿童的丑事。这样的男孩投胎给你，要不要？我劝你不要，他是希特勒。

每个人都应面对自己有风险的人生。你如是，你的孩子也如是。

祝开心。

连岳

2010年8月17日

答案藏在今天

连岳：

你好！

我今年32岁了，看起来还算年轻，一个5岁小男孩的妈，中学教师。趁暑假，我带儿子去学游泳，教我儿子的小伙子外形不算扎眼，但对我很有吸引力，是匀称且很结实的那种，高鼻梁，近视，所以在水中不戴眼镜时眼睛总半眯着，尤其迷人。也不是第一眼就喜欢，看多了就被吸引了，很想抱着他亲一亲。当然只能想，如果我还是二八少女，我想我是有胆量表白的，光是亲一亲也很满足。可是现在，我怕他感到恶心……所以很痛苦，想得到却不能的结果就是很受挫折。

其实这种痛苦对我来说并不陌生，我很容易陷入这样的困扰，即使换另一个教练，只要不是中年秃顶，发福松弛，我想我也是会被吸引的。我分析了下自己，应该是由于我对自己婚姻的不满。我老公是我真正意义上的初恋，从认识到现在已经13年了。我们的沟通一直不太顺畅，所以我不太知道我老公对爱的理解，反正对我说“我爱你”三个字他是不会犹豫的。可以确定的是，他以有我这么个老婆为荣。在家里，我身兼数职：厨娘、清洁工、服务员、保育员等，他回家基本就是吃饭、睡觉、上网；我从不啰嗦，也不屑于做查手机、查电脑、查岗等事，给予他最大的自由和空间。他经常在别人面前夸我是个好老婆，所以，他对“爱”的理解应该是很实际的。可是我对爱的理解不一样，特别是看了你的书以后，更加找到了支持。现在，我发现我对他已经没有感觉了，他对我的全部意义可能就是还有点经济价值。自从儿子出生后，我一直带着儿子睡，他就搬到小房间，性生活越来越少。他应酬很多，每天很晚回，也经常出差，在这方面对我基本没要求。而我也落得轻松，因为我也不想（是不想跟他）。

我一直很向往那种单纯的爱情，就像我初中的时候跟班上的一个男生，我迷恋他体育场上的风采，他则欣赏我优秀的学习；他可以花一个月的时间亲手制作一个精致的小木屋送给我做生日礼物，我也可以花几个通宵拼一幅一千块的拼图送他……虽然我们彼此都没挑明，始终保持同学关系，但那种朦胧而单纯的情愫，着实是我一生中最值得回忆的情感经历。所以我很同意你的一句话：“爱情大部分是属于年轻男孩的。”男人到了中年，就开始考虑很多实际的问题，城府开始深，眼神开始浑浊，言语开始世故，对单纯的爱情变得很不屑了。

可能是当老师的缘故，我一直比较单纯，我老公也很喜欢我这一点。但我也有我对爱情的追求！我跟老公拍拖时也是单纯地爱，但他已经抱着找老婆的心态来跟我交往。从拍拖到结婚后，我有过几次精神出轨，但第一我不想把事情搞复杂，第二我知道老公绝不会放过我，所以我并没有实际上的行动，都是痛苦地自我折磨。但随着青春消逝年华渐老，我的悲哀感日浓，难道我就这么一辈子守着一个已经没有感觉的人？这种没有爱情的生活会把人磨蚀得怎样的麻木？虽然我是俗人，但我不想俗套，我真的不愿意这样混一辈子。

我曾经想，好吧，等我把儿子带大了，我就离家出走，去流浪，最后死在一个没有人认识的地方。可现在想，还有很多年啊，到时候我可能都走不动了！连岳，现在我该怎么办，你不要说，生活就是这样，你已经很幸福了，不要自寻烦恼，平淡最好，用美的眼睛去发现生活中的美吧！如果你真这么说，我会叫你去死。

Kelly

Kelly:

怪不得健身教练之类的人物是A片的经典男主角，看来是源于生活。

得澄清一句话，你说你同意我的一句话："爱情大部分是属于年轻男孩的。"我显然没有说过这句话，我就算是吃过年轻男孩再多苦头，也不可能冒出这么糊涂的观点。我是支持同龄人恋爱的（至少谈一次此类恋爱），一起分享成长的乐趣和苦趣。也许这个观点被你引申或扭曲成"爱情大部分是属于年轻男孩的"——年轻女孩都去哪里了？

人倾向于寻找有利于自己的观点，于是你把你的观点塞给我，然后用它来支持你。正是因为这点，需要情感专栏说点和来信者不同的观点，超然旁观的阅读者也能从此受益，事前储存的理智与常识多一点，事情来临时，在激情的冲刷中才能保持镇定，不会在错误中用情绪做重要的决定，然后用余生的理智来后悔。

这封邮件的主题是：中年男人之恨暨无邪少年之爱。这是中年人最爱的主题。尤其是一个对自己的状态不满意的中年人。你是一个中年人，你对自己的状态不满意，所以你说这些话不怪你。但从此以后，不要说了。

一个失意的中年人如何让自己更失意？那就是把自己埋葬在少年时光。你不再是孩子了，你是孩子他妈了。

在挂历流行的年代，有一张图片随处可见：一位小女孩拉开一位小男孩的小短裤，看看有什么不同。在性观念相对保守的地方，这张“萝莉性学讨论图”也没受到批评，因为“纯纯的爱”嘛。

这画面如果变成一位中年男人拉开小女孩的小短裤，或是一位中年妇女拉开小男孩的小短裤，试想一下观众的感受吧，对观众多少还是要有点同情的。这就是那些喋喋不休回忆自己的“纯纯之爱”的中老年人给我的感受。

顺便与读者们共勉一下：无论现在多么不开心，都不要变成这样的人啊。

逃避当下，一是在自己的中小学（或上溯到幼儿园）的记忆中翻翻捡捡；二是下决心“老了去流浪，死在一个没人认识的地方”。世界上如果真有这么一个地方，那可真够倒霉的，路上全死着莫名其妙的老家伙，当地的公共服务开支一定大得惊人，而报纸上要整版整版地登认尸启事。还好，下这种决心的人，一般都会死在家里。清爽怡人，了无牵挂的“流浪死亡法”只属于年轻时就有勇气流浪生存的人。

时光机器还没发明，无法回到过去，也无法飞向未来，当下的问题只能当下解决，你执意认为答案藏在过去或未来，那么，问题就永远无法解决。

曾经有记者问我：你最想回到人生的什么时光？我说，就想活在现在，就算我到了 80 岁，也是同样的答案，我不会想回到20岁、30岁。如果我害怕当下的时间，那一定是被压迫得毫无乐趣的可怜虫，只要一起这种心思，心里就要响警报啊，这是向我现在的施害者投降，我开始接受自己不满意的现实了。

顺便说一声，对你的孩子好一点。他不是你无法做决定的原因。

祝开心。

连岳

2010年8月24日

愿自寻烦恼的人都赤条条

亲爱的连岳叔叔：

我是一个“90后”，我不知道是不是有许多“90后”的孩子正在经历和我一样的事情。

在我8岁的时候，父母就离异了，然后他们重新找到了新的幸福。前几年过得挺好，虽然有时候我觉得夹在两个家庭中间，要处理许多关系很累，比如怎样开口要钱，怎样处理父母之间还存在的一些敌对关系，怎样面对他们说对方的坏话。累归累，这么多年也算是过来了。可是最近我真的是要崩溃了。

我爸给我找的后妈是比他小15岁的女人，这么多年过来，她对我挺好，也没要孩子，我爸那时一直说“我们不打算要小孩，只养你一个”。可是就在今年5月份，阿姨突然对我说她怀孕了。我从一开始的吃惊，到现在的苦恼。

我爸已经47岁了，现在要一个孩子未免太荒唐了。这孩子和我相差20岁。我开始极力反对，我打电话和他说这是一个多么多么草率的事情。

第一，也是最重要的一点，他没有这个经济能力去养这个孩子。现在养个孩子多贵啊。他年收入最多也就是十万左右，阿姨是没有工作的，纯粹的家庭主妇。也就是说，他一个人的收入要给我付大学一半的学费、生活费，还要奶奶的医药费、雇保姆的费用，今年年初他还买了个房子，要还房贷。哪里来的钱从头去养个小孩？有这闲钱不如再去买套房子等着升值。

第二，一个和我相差 20 岁的孩子的确超过了我的想象。要是他们当初一结婚就要了孩子，那现在这个孩子也快上初中了吧。可是现在……等到这个孩子 20 岁时，我爸都 67 了，我 40，他一个退休的老头，不在家里享清福，反而去供养一个孩子，那就得拼命赚钱啊。如果他没有那么多钱，那供养这个孩子的任务就会归到那时 40 岁的我的头上。那时我有我的家庭，我的孩子，可我还要再去供养一个弟弟或者妹妹。这负担，我怕！

第三，现在生孩子的大多都是“80后”了吧，他们是有知识的一群人，生个孩子都讲究科学。可是我爸有“三高”，阿姨又胖，有胃病，两个人都是低学历，这个孩子完全是没有任何规划就来的，以后怎么去和“80后”父母教育出来的孩子去比拼呢！

第四，我原本是独生子女，以后再交一个独

生子女的男朋友，我们就可以要两个孩子，可是我爸的这个孩子就让我变成了非独生子女，将来还是一个孩子。

现在他们在办准生证，又要开证明，又要打电话求证，今天阿姨打电话给我，说是开准生证的地方还要打电话到我妈的单位求证下。我真的忍无可忍了，我原本就不愿意，还要这么麻烦，于是我打电话给我爸，说了些再也不想理他之类的话。我知道，他也很无奈，他也不知道事情会发展到这样，他说是他对不起我，让我受伤害了。可是他为什么就不阻止这场我看来是荒谬的闹剧呢！

我爸有四个姐姐，除了二姑姑已经病逝，其他都不是省油的灯（也许这不是我一个小辈应该说的话，但我就是这样觉得的）。她们每次都为了钱争吵，今天又听说大姑姑说我爸没把上次给奶奶看病的钱还给她。可是我爸明明已经还了。又开始互相损！就是这样不团结！

连岳，是不是现在人的观念新潮了，将来会有更多的父母离婚又再婚的孩子呢？是不是像我这样的孩子会越来越多呢？可是我真的要崩溃了，我不想面对这一切，我的心里好烦。现在的人都流行速配，闪婚，然后闪离。要是没有孩子，那随意吧；如果有了孩子，就不是两个人的事，还要对另一个生命负责啊。所以要不要孩子，这是一个重要的决定。可是人是善变的，也许好了三年、五年的，以为会一直好下去，结果却过不下去了，又不能因为孩子就耽误了两个人的幸福……到底应当如何选择呢？

索性成为不婚一族，赤条条来去无牵挂。

连岳，我开始不相信有幸福的婚姻了。告诉我，我该怎么做，让我不再烦恼！

柠檬

柠檬：

一条一条答吧，你的问题那么多。

1. 你的烦恼就是你的烦恼，和“90后”没关，和你所处的任何团体都无关，只说自己的事，别那么爱当代表。除非你能证明“90后”选举了你代表他们发言，在我印象中，此地从未发生过“我是90后代表”选举活动，无论是媒体还是个人，任何代表“90后”发言的行为，我都视为不要脸的吹牛。

2. 一个47岁的父亲，能不能生一个小你20岁的孩子？只要他想，身体又允许，当然可以（从你的表述来看，还符合国家的生育政策），不行的话，还可借助医疗科技，人工授精之类的生个孩子。无论你父亲什么年纪，只要他想和配偶生个孩子，都天经地义，理直气壮。

3. 你父亲的经济状况不是你这个现在仍在接受他供养的人所担忧的，你认为他有闲钱也不应生孩子，应该买房子等升值——升值了干嘛？死了全留给你这个好管闲事的家伙？再说了，万一房产泡沫了，贬值了你赔他们一个孩子？就算你愿意也不行，这是乱伦，孩子将来会很痛苦。

4. 你爸生个和你相差20岁的孩子，超过了你的想象。你爸没责任生活在你的想象能力当中，正如你没责任生活在你爸的想象能力当中，尤其是有些人的想象力贫乏，那就更不能照顾他们的感受了，不然社会太单调了，任何一个让人心生敬佩的人，都是超越了多数人想象力的人——当然不是指你爸有什么了不起的。

5.67岁的人不享清福努力工作养孩子，关你什么事？当然你可以明确反对你将来不会帮他们养，这至少是你目前唯一有用的施压筹码，不过我估计你爸妈可能无所谓，一个现在还被养的人牢牢盯着自己将来的利益，是肯定不会帮他们养孩子的。我觉得，你也不必把自己想得过于崇高，何必为了自己将来的道德伟业，以至于现在毫无道德地介入他人的生活？

6.你爸三高，他老婆胖且胃病，两人低学历。这能当父母吗？当然可以，谁都有生育权，优生优育没错，可不能推论出只有身体好文凭高的人才能生，纳粹的种族主义才会接受这种想法。你这个活例子已经证明你父亲的教育挺失败的，第二个孩子可能也够呛，不过我仍然认为他的生育权神圣不可剥夺。永远要记住，以素质论剥夺一个人的天赋权利，就算披了纯粹的外衣，也是正宗的纳粹。

7.你爸再生一个孩子，所以你就不是独生子女，将来不能生两个孩子了。本来想这样安慰你的：你怎么不指望自己的爸是老鼠呢？这样你也就是老鼠，不必指望别人放弃自己的权利满足自己，可以一窝一窝地生。后来想想，你自己提出了解决方案，你说你不相信幸福的婚姻了，要“索性成为不婚一族，赤条条来去无牵挂”。我支持你不相信，我支持所有自寻烦恼的人都赤条条的，不要打扰他人，这样，婚姻的整体质量就会高得多。

祝开心。

连岳

2010年8月31日

97号的爱，加满

连岳：

你好。

每次看到有读者说写了好几封信你都没回时，我都感觉自己是多么幸运。这几年我先后给你写了三封信，前两封是关于这个国家，这个社会的，后一封是关于感情的。你都在“第八大洲”（Blog）和情感专栏上给了我回应。今天写这封信，是因为随着时间的流逝，在连岳你和其他人的智慧之光的照耀下，我感觉自己像一粒沉睡的种子一样，终于发芽了。

先说说我自己。我有一个放纵自大但经商成功的父亲和一个清高偏执的母亲，他们的婚姻在经历了彼此折磨的18年后最终走向破裂是必然的，像很多不幸家庭的孩子一样，我经历了很多痛苦，心里留下了阴影，常常一个人在暗夜里哭泣。因此只在24岁那年有过一次异常短暂的无疾而终的恋情。此后虽然我也渴望着爱情的到来，但一直都独自一个人，一直不快乐。想来，当年辞了工作出国留学，很大一部分原因是因为想逃离离婚之后还要彼此折磨的父母和一直不快乐的处境吧。

现在回望过去的自己，禁不住想笑。一个用父母的错误惩罚自己的，沾染了母亲和时代所带来的不宽容、偏执和缺乏常识的，经常闷闷不乐的，其实根本没准备对任何人敞开内心的别扭的女孩子，爱情怎么会去眷顾呢？

前阵子我刚度过二字头的最后一个生日，和我年龄相仿的表姐妹们都争先恐后地结婚生子了，我是家族中唯一的剩女了。然而我却从来没像现在这样从心底溢出满满的幸福感。现在的我，对这个世界、对我们这个国家、对生活、对爱情、对我自身，都有了更清晰的认识，MASTER 学位也近在眼前，最重要的是，有了常识。我已经不会再在暗夜里偷偷哭泣了。

去年我和父母分别做了彻底的详谈，把我多年来的感受倾倒了出来，并明确表示，我回国后不会和他们中的任何一方一起生活，我有自己的人生，我要按自己喜欢的方式生活，不需要他们指手画脚。一场不小的风波后，他们现在已经默然接受了。

现在的我，自由（我指的是心境上的自由，并非指政治意义上的自由）、自信、有力、坦然。

二十刚出头的我，内心晦暗焦躁，杂念交织，现在的我心里明澈平静，温和得多，快乐得多。从某种意义上讲，现在的我比那时更年轻，也更美丽。

如果我足够幸运的话，我会在未来的某处遇到一个正常的、有常识的、对这个世界抱有一颗宽容和有爱之心的男人，然后和他相爱。如果不够幸运，那也只能这样。旅行、阅读、音乐、美剧、烹饪、绘画，空余时间能做的有趣的事情还真不少。

这里想和那些抱怨生活空虚无聊的国内读者说一句，即使没有上述爱好，生活在超现实主义小说一般的当今社会，能在危机四伏中健康地度过每一天，已经是很刺激很有成就感的事了，怎么还觉得无聊呢？因此，我对于回国这件事情并不像有些前辈那样惊恐。

不知道我能不能幸运地收到连岳的第四次回复。

祝幸福。

发芽的种子

发芽的种子：

母鸡孵蛋时，有些蛋素质不够，会变坏。小时候，见大人常持蛋对着灯光审视。那灯泡有助于证明一枚蛋的健康，可这蛋的生命不是这外在的光给的，而是它内在的生命在持续增长。

我并没有智慧之光，是你自己有智慧。我了不起是陪人说话的人，也许有关爱的对话让人无法逃避，无法忽视自己的感受，能将一个人的真实感受表达出来。就像榨汁机抓牢了一粒橙，它滚不了，就发现自己饱含汁液。自己身上的爱情，最无法撒谎，大的话题，国家、社会、公平、正义，都可以走江湖，不代入自己的感受，而爱，你总得回到自己，如果你有，那你最应该感谢自己。不是我，不是其他什么人。

不要把你的所得归因给我，这不是谦虚，而是自保，这样才能拒绝别人把所失归因给我。每一个人都是他自己的。

所以我也不喜欢、不赞同很流行的“阴影说”，正如我厌恶阴谋论。阴谋论假设这个世界任何一个人都无足轻重，有一局很大的棋已掌控了你的每一步，这生产出了无力的、乏味的、自以为聪明的傻瓜。“我现在之所以如此如此，那是因为我有那样那样的阴影”，这也几乎成了万能定律了，这前提是一个正常人必须在无影灯下成长，这怎么可能呢？王子也有忧愁啊；人人呵护的小公主，可她能感受二十层天鹅绒被下的一粒豌豆，这算不算阴影呢？

在一个粗糙的地方长大，身上一定会划伤，阴影人人会有。这并不是说阴影无关紧要，而是说阴影并不是妨碍我们成长的借口，父母互相仇恨、互相折磨、争相把孩子当成情绪垃圾桶，也不是我们不能爱的借口。他们虽然没给爱的遗产，但完美地演绎了不爱，我们要做的，不过是不再重复他们，指示也相当明确。正如你知道一个恶作剧的人将所有的路标都左右对调，看着左向的路标你右拐就行了。你如果又恨错的路标，又要服从，那么自己的不智要负大部分责任。

爱有万千形式，一个人也可以长出爱，最后像你一样，最后走到的地方，上面就写着“自由、自信、有力”。爱不是一个人身上的抽屉之一，拉出来，里面有一位情人；任取你身上一块抽样化验，里面都有爱。不时有人开我的玩笑：连岳你也就配跟女青年谈谈爱情（经常在讨论“严肃”话题时作为结语）！这对爱情的受众有严重误解，对女青年也相当歧视，我却总是很开心别人说这样的话，我有资格配谈爱情，这明明是赞扬。我劝人最多的就是要谈爱情，无聊空虚也罢，愤恨不平也罢，无论是国内还是国外，尝试着去爱上一个人，让爱在心里成长，从每个毛孔散发出新鲜的香味。若嫌这个比喻太田园，那么爱就像是加油，它似乎停在遥远的油箱里，可只有它能让你自由自在地前行。

祝开心。

连岳

不应宠爱贫穷

亲爱的连岳：

在开始的时候，我就知道他家庭条件不好，因为他在学校勤工俭学（也做别的工作，自己养活自己），但我喜欢他的老实。请相信我不是一个虚荣的人，因为他不高不帅也没有钱，他甚至比不到一米六的我只高一点点。呵呵，我还开玩笑问他：如果每天给他吃一根胡萝卜还长得高不能？他笑着说：估计，不能。

我们在一起经历了很多，首先是交往没多久就怀孕了，他问别人借了钱，他是没什么钱的人，可却为我借了不少钱，细心地照顾我，为我洗内衣，做营养餐，当然这是应该的，但我很感动，因为他一点为难都没有，并且很高兴，在开始的时候。因为我怀了他的孩子。

我们家条件算是中上，而他家是农村的，这经济上的差别成了父母反对的理由。开始父母还勉强同意，还答应给套房子，因为他们看重他很能吃苦、老实、对我好这些，呵呵，因为我脾气实在差，我妈总怕我找个脾气差对我不迁就的闹家庭暴力。可是后来因为我父母去外地出差，坐火车路过那些边远的农村，就有点怕我吃苦，而且因为有一次我们吃饭，我又一次剩饭了，他用强硬的态度非逼着我吃下去，闹翻了。我妈就有点觉得他太小题大做了。

后来因为我情绪的失控，家人又知道了怀孕的事，所以这下完全没戏了。虽然我一再说是我愿意的，而且这也是正常的，他也不想，怀孕还得花钱呢，好吧？但是这些话完全没用。决定已经摆在那里了。再后来又因为我离家出走，把祸又嫁到他头上了。

这时他也没了信心，是我一再地坚持才走到现在，这一年零两个月的爱情生活。

他为我留在了我住的城市，没有考家乡的老师和村官，他钱舍不得花，但却给我买我喜欢的东西哪怕很贵，呵呵，因为我喜欢娃娃，买了很多个呢，你不知道，他是一个多没钱的人呐。他迁就我随时爆发的脾气。他给我买很贵的吃的，然后笑着看我吃。当然还有很多别的事情，总之我很快乐，非常的快乐。我们从不生气，除了为钱。在他钱不多而需要花钱的时候，比如付饭钱，他就表现出一种暴躁情绪，我能理解他，我也没有要他一直付钱的，我也会买吃的，但是因为他的压力他不由得表现出来了，对我来说也转化成了未来的压力。我们甚至不会买太贵的避孕套。有时候为了省钱他甚至可以不买。也许你不能相信，但是生活就是如此，贫穷的生活。也许你说难道你不能买？但这一点固执我还是要。

我又是个只有消费能力的人，没有挣钱的能力，每月的工资，我都是不到半月就光。想到未来总是忐忑。我父母都有退休工资和保险，而他农村的父母没有，这也是负担之一。以后的生活中若有意外，也只有我们家担着。他现在工作也不好，看不到未来的形状。即便这样，他父母还想着他拿钱回去盖房，咳，想到这些就疲劳。

为了我妈的唠叨，我一直瞒着父母继续和他交往，他们给我介绍男朋友，为了避免我妈的崩溃也去见了，你不知道我要是不去，我妈就得和我喊。认识了一个哥哥，月薪是他的五倍，有房车，而且人也很老实，我就有点犹豫了。

曾经我和男友说过这种假设，我如果背着他和别人交往他会怎样，他当时说：会杀了我，然后带着亲亲（我的狗）去没人认识的地方流浪。想着这些话，我不知道何去何从。昨天，在知道我去相亲之后，他抱着我哭了。我也跟他说了我对未来的忐忑，他的答案是：钱多，多花；钱少，少花。快乐的生活一定好，好的生活却不一定快乐。

我觉得对，但是我也害怕未来的一系列压力。到时候爱情因为经济而不断流失，剩下的只是争吵，我无法接受。

想到没有他的可能性，仅仅是这种可能性，我哭着吊在他的身上，可是未来却让我没有任何把握，仿佛双脚离地一般。

我爸爸说婚姻和爱情你自己选择吧，而我无能得简直无法站立。

如果说爱情是婚姻的一部分，那么它是哪一部分？最重要的部分，还是其中的一部分？

八月

八月：

爱情怎么可能离不开钱？你现在不就为钱操心了吗？

说句残忍一点的，连安全套钱都要省的人怎么有资格对女朋友说“钱多，多花；钱少，少花”？花钱也是需要经验和学习的，有过钱少和钱多的状态才知道少花与多花的技能。

就说安全套吧。最好的安全套也不过几块钱一枚，你们可能不至于穷得连它都买不起，也不至于用量大到把钱都花光。性爱中不使用安全套，意外受孕的后果，从生理到心理，都非常痛苦，当然，也要花一笔钱处理——也许数量大到可以买一年用的安全套吧？

在安全套上省钱，却花钱给你买玩具娃娃。这说明，买安全套的钱还是有的。如果不可兼得，至少要舍玩具而买安全套——这就是花钱的智慧了，在没钱的时候照样能体现出来，怎么用钱合理，什么钱不能省，这不必等一个人钱多时才看得出来。

贫穷是一种不幸的状态，J. K. 罗琳在哈佛大学的一次演讲中提到“贫穷”：“我非常同意我那终身贫穷的父母的观点：贫穷无法使人高贵。贫穷带来焦虑、紧张、时常还有抑郁，它意味着无休无止的羞辱和艰辛。通过自身努力摆脱贫穷，确实值得你为之自豪，只有傻瓜才会把贫穷这件事涂上浪漫色彩。”

当然这不意味着穷孩子不能爱。而是要爱那种想通过努力摆脱贫穷的穷人，不要爱那种被贫穷宠坏的穷人，更要远离那些认为穷具有道德优越感的人。

一个社会如果穷人太多，指望穷人安于现状，甚至希望穷人成为自己的同盟军和士兵，那么，实用而令人厌恶的技术就会出现：美化贫穷，赋予贫穷令人眩目的美妙光芒。如果我们这个社会真能合理运转，以后在最好的制度架构中保证多数人脱离贫穷状态，那时候再倒回来看今天诸多歌颂贫穷的文章，就会知道，曾经经历了一个多么让人辛酸不堪的时代。

在爱情中更不能宠爱贫穷。如果社会美化贫穷，个人脑子清楚，照样不会上当，给你带来的危害就小；但若在爱情中选择贫穷，那么就百分百受难了。

一个人的赚钱能力，当然是此人的重要素质，当然是爱情需要考量的重要因素。在其他条件相当的情况下，当然是更有钱的人胜出。这是必须接受的事实，如果一个人因为穷，听到这种事实会抓狂，那情况就更不妙了。

美谚说：钱买不来一切，贫穷更不能。有钱不一定幸福，不一定值得爱；但不要因此反推出没钱一定幸福，一定值得爱。穷孩子不会没有爱情，穷孩子的爱情会更辛苦一点，也更需要动脑，你至少得证明你身上有钱买不到的东西：更帅？更有知识？更好玩？更温柔？更有时间？还是会写诗（别笑，恋爱时挺有用）。

如果一样没有，优点就只剩下比别人穷，买不起安全套，还有人爱他，这不违反进化论吗？那不是太没天理了吗？

祝开心。

连岳

不太爱，也不太恨

亲爱的连岳：

你好，不好意思，我就想写上前缀，真心的。我今年刚高三，我想说一个关于我朋友的故事。

一个或许已经被讲述太多次的故事，但我仍然想说。

我的朋友是个很普通的女孩，最近她妈妈和爸爸离婚了，她的爸妈相差有20多岁，她妈妈17岁就生了她，她的爸爸一直对妈妈很容忍，她妈妈在她小时候就只把她丢在家里，没和她说过故事，没带她出去玩过，她妈妈只会自己打扮漂亮然后出去玩，更离谱的是她妈妈居然出轨，拿走她爸爸一部分钱然后就离婚了。在我看来，这位妈妈完全让我看不到“妈妈”的样子。即使我知道这样的妈妈世界上有很多，我还是没法不感到悲哀，因为这会让我觉得，孩子似乎纯属偶然，只是一个不小心的产物，或者一份保险，一份老了的保险。

所以读到你那篇《孤独的穷孩子，你要多蜕一重茧》*时特别感同身受，当你讲到人类之爱时，我内心像是融化的感觉。

其实我自己的妈妈也在六年前去世了，她病了两年，最后离去了，当时她病的时候，家里经济也有问题，其实那时候化疗的话还能活很久呢，不是没有钱，只是那时觉得钱好多，舍不得拿。我现在回想起来好心痛，生命的延续需要钱，没钱连命都没了。最后我的爸爸还是没舍得把钱拿出来，妈妈那时候也想走，因为她病的时候没有得到一点的关心，在她最后一个月，我一直早上搭车去见她，晚上又自己回来，我看到别的病人都有人照顾，好好，我去的时候看见妈妈拿着点滴瓶在那里用小小的锅煮泡面，妈妈走的时候爸爸哭好凶，只是在我看来这眼泪已假了，假了。

妈妈病的两年里，细节我看得好清楚啊，回想起来已经没那时那么仇恨了，只是现在好朋友的妈妈这样一件事让我觉得很心寒，为什么？

我想了好久，最后我想爱或许是需要教育的，他或她都没受过爱的教育，她或他可能至今都不知道自己在干嘛。又或许他们有着一个同样煎熬的童年，致使今天这样。即使很多人说冷酷的人

---

* 参见《我爱问连岳3》。

可能不冷酷，可是我仍然觉得他们只是冰冷的人。

快高考了，还有一年，希望考上好的学校，你说的，有钱才能更自由，而对于我来说，是能去我更理想的世界。

MAY U HAPPY！

Suan

Suan：

除了赤贫、每天都挣扎在温饱线上（这是相对少数，估计我们经历的贫穷，基本不属于这种），相对的贫穷最大的后果不是金钱数量的不足，而是随之而来的教育机会的丧失，造成的后果是技能与知识的不足，从而禁锢在贫穷状态，只能从事最低端的工作；同时观念封闭了开放度，无法更新，也害怕更新，只习惯性地强化固有的想法——哪怕这种想法是对自己极其不利的：比如女性就应该干活伺候男人，比如自由很可怕。

从你的邮件来看，你会脱离这种可怕的状态的。这样成长过程中的贫穷就不太会伤害你的未来。我接触过不少富裕的父母，由于只有一个孩子，所以本能地希望孩子永远呆在自己身边，不仅打击孩子对新世界的好奇心，甚至还灌输愚忠愚孝，指望孩子是容易控制的囚徒，在思维能力上就没有一丝反抗力。也就是说，这些父母用富裕的手段实现了贫穷的目的，而且他们的能量还相对较多。你贫穷的父亲，将来没什么阻挡你的力量（如果发生的话），从这点来看，不幸中有幸，幸中有不幸。

由于幸与不幸会互相转化。跟爱一样，所以不要太爱，不要太恨。

对不相信爱情的人，我会对他们说：这世界有爱，我们也需要爱，你要相信。对于太崇拜爱情的人，我会对他们说：世上除了爱，还有许多别的东西，尤其不要为了爱情而放弃自己，你不要太爱。

恨是爱的另一面，有爱就有恨，爱公义自然恨不公不义，爱“爱”自然恨“恨”。对于似乎没有恨的人，像块逆来顺受的死肉一样任人宰割，我会对他们说，要恨施害于你的人和观念，要反抗他们，要比他们更有力量。对于太恨的人，像个最终的审判者一样，我会对他们说，太轻易点燃的恨，不审核事实，不允许对方辩护，不等时间沉淀，这就是恨的仆人，不要太恨，要比恨更有力量。

人容易太恨。

我不建议你太恨朋友的妈妈，以及像她一样的人；我不建议你太恨自己的父亲，以及像他一样的人；我也建议你以后不太恨那些你眼里的“恶人”（更不要恨与自己不同的人），离开了法庭，法官也不是法官，任何一个人都不是末日审判者。可以“知道”一个人：他是好人还是坏人？他是我喜欢的人，还是我不喜欢的人？他是玫瑰还是蔷薇？他是水还是酒？但是不要“审判”一个人：他应该死！他这类人应该死！

太恨就不会爱。一个人要谈很多次恋爱，就算只谈一次，也会有起伏。恨是经常会出现的想法。知道恨不能过界，不能太恨，才是生存的保障，无论是爱的生存还是人的生存。《教父》里科里昂在大儿子被对手谋杀后，召集几大黑手党家族开会，说：我死了一个儿子，我们到此为止。《教父》最好的一个主题是对报复的节制，太恨会毁掉强大的产业，就更别说一个人了。

愿你明年考上一个好大学。考的大学如果一般，也不要沮丧，求知是最容易的事情，只要想，就有书。

祝开心。

连岳

2010 年 9 月 7 日

史上最干净的爱情观

连岳：

见信好，这两天真的很困扰，一直被噩梦缠绕。大概没有人愿意相信：钱真的能带来不幸。请听我细细道来。

很让人羡慕，我是个小富二代（我不知道多少资产能叫富二代，父亲是生意人，家中房产为数不少），母亲为人勤勤恳恳，善良专情，一直以来都看到父母恩爱，虽然也偶有冷战，但总体还算美满。本人前几年跟我的初恋结了婚，现在快30岁了。跟老公感情一直很好，婚姻生活非常幸福，老公也视我为珍宝，但事业一直不怎么有起色。从小到大，都觉得如果嫁给父亲这样的人应该不错，因为他是那种很正直很君子的人，而且个性执拗，不爱风花雪月，一心扑在事业上。到现在为止，我还是这么认为，起码他的个性我还蛮了解的，不是那种看到美女就暗流口水的男人，应该是极少数可以让妻子放心的男性。

但自从有了自家的生意，生意红火起来的时

候，我从母亲口中知道，很多小美眉在诱惑父亲。大大小小、多多少少、林林总总，好像层出不穷，但父亲都拒绝了，母亲也很苦恼很烦心，愤怒那些抢人家老公抢人家胜利成果的女人，而且都很年轻，年纪比我还小。我以为事情就这么过去了，当时母亲看出个中端倪，两人之间如何沟通我并不知晓，父亲还是自控住了。但最近，母亲很沮丧地告诉我，父亲外面有女人的，我故作镇定，因为我要安慰母亲（我知道，对一个女人来说，爱了一辈子的男人出轨，对她来说是怎样的打击，无异于天塌下来一样），现在我安静下来的时候，眼前老是出现父亲的样子，已经快60岁的老人了，居然跟一个20多岁的女孩子在一起ML？！我真的快疯了，如果听别人的故事还好，自己的父亲？伟大的形象荡然无存！

这两天不知道怎么过的，也不敢告诉老公，我怕给他立个坏榜样。为什么这样说？因为父亲本来不是这样的，但他有钱之后，朋友圈都是老板，都有情人或者小秘，好像这个事如果不为之就对不起自己是个男人，而且是个有钱男人。唉，难道他忘了母亲当时把自己给他的时候也是20多岁青春年华么？母亲跟父亲说了，我们离婚吧！父亲不肯，他也知道其实跟他在一起的女人是为了他的钱。不管怎样，老婆和家庭才是自己真正的港湾。那么，他为什么还要做出这种事呢？明知道对方不是真心喜欢他，只是喜欢花他的钱？我不理解。这跟“买春”有什么区别？渡边先生曾写了本《男人这东西》，里面说到出轨，说男人的欲望是女人无法理解的，这是男人和女人的性别差异。果真如此，身为女性，真的无法理解。想来，他对这个问题是作了很深的研究的。如果真的如渡边所说，我现在开始担心，什么时候我老公也会这样？什么时候我们的激情会消退？什么时候他会看上其他女人，不再理会和关心我的感觉……现在我对爱情的信心正在消退，失望，与老公在一起也无法全心全情投入，我怕到头来我也像母亲一样受伤。这个事对我打击真的很大。像父亲这么自律的人也卷入漩涡了。那么连岳，身为男性的你，请你谈谈你的看法。男人真的都这样吗？

说到现在的社会，物欲横流，有钱没钱的待遇真的天差地别，许多美眉看准了傍大款这条捷径，走得堂皇，还很傲然。这种情况人们也真的是看习惯了。经常看到一个大姑娘，在大庭广众之下跟一个老头搂搂抱抱，她并不察觉，别人看了有多恶心。为金钱卖肉身（我知道，不可能是爱情，毕竟相差二十多岁，代沟不是一点点），现在的小三，以破坏别人家庭为乐，以傍大款为荣，这种现象已经很普遍了，说到底，是价值观的问题，也是整个社会的问题。这是经济社会带来的必然产物么？连岳，身为情感专家的你，也有责任宣传纯洁、健康的社会观和爱情观啊！

急

急：

你不觉得，我一直在宣传纯洁、健康的社会观和爱情观吗？不要因为我没打上“史上最干净的爱情专栏”就认为我不纯洁嘛。同理，也不要因为有人宣称自己最纯洁而相信他最纯洁。

你很习惯高屋建瓴，很深刻地指出全局问题，比如“说到底，是价值观的问题，也是整个社会的问题”。如果我们两人这样高来高去，就会变成激昂有力的社论，听的人会被吓坏，按照有限的经验，有人要代言、要审核“整个社会”时，“整个社会”往往不得安生——当然不是说你有这个能量，我没有，他也没有；不幸的是，如果我你他多数人认为可以这样发言时，就会轻信有些人得出的，以“说到底”为转折得出的“整个社会的问题”。

问题越大，答案就越空泛，你问我男人是什么，我不知道，硬要答，只能说除了女人之外的人，就叫男人；女人是什么？除了男人之外的人，就叫女人。如果为了讨你的欢心，狠下心说一句习惯用语：“男人都是坏东西。”听起来爽，又有什么意义呢？你都认为“都”是坏东西，那坏就正常了，有什么好抱怨的？这不像抱怨春天花会开？所以不要盯着全人类，要盯着个人，一个人坏，代表不了全人类坏；一个人好，也代表不了全人类好。有没人恋爱结婚前先核查一下全人类的？你也做不到吧？

回到你父亲的个例，按你的描述，他“很正直很君子”，应该是“极少数可以让妻子放心的男性”，结果生意红火有钱以后，就被“层出不穷”的小美眉勾引失身了——被美女潮水一般进攻的人，想必很有钱，莫非尊父是李嘉诚？还是盖茨、巴菲特？倒是这三位好像还没找二十来岁的小姑娘，可能钱还没多到变坏的质变点。

你有几个结论，一是钱多容易变坏，“物欲横流”。这好办，想钱多未必做得到，想钱少倒轻易可以实现，你舍弃你们家的财产，保持贫穷状态即可，这不难吧？有大量的慈善机构，你甚至可以直接把钱赠送给陌生人，若怕被拒绝难堪，扔进垃圾桶也可以——这样，就断绝了你丈夫变坏的可能。

你另一个结论是，相差二十岁以上的男女，就不可能是爱情，是为了金钱卖身。不知妻子比自己小三十岁的国父中山先生有何感想……当然，鲁迅先生会长出一口气，毕竟只比许广平大十七岁。如果让你制定法律，也许会把相差二十岁以上的夫妻都定义为犯罪吧？统统抓起来弹鸡鸡，这样风气就正了。

你父亲的事，老实回到这个他身上，也许他自己能解决，也许你可以提供看法，仅此而已，这也只是他一个人的事，要由此上升到批判整个社会，甚至贬低你理解不了的爱情方式，那未免太过粗暴，犯了正义感太强的人常会犯的错误。淫者见淫，如果你所见全是风气败坏的卖身，那么，这不能证明自己纯洁。我觉得你并不太关心父亲的事情，只不过借此发表你纯洁健康的爱情观而已。

祝开心。

连岳

2010年9月14日

暧昧的边界

连岳：

你好，1 个月前我发现了丈夫和女下属的婚外情，一个晚上我看到了她发给他的热烈短信。我怀疑了两年多，因为我见到他们在一起时的异样，虽然说的是工作，但是眉梢眼角洋溢的是爱恋。

我们结婚十几年，我今年将近40岁，我们有一个正值青春期的女孩。

我也问过自己，在婚姻中我有哪些地方做得不好，我应该怎样改进？你相信吗，我努力过。

他告诉我，他从来没有想过要和我离婚，他和她的感情发展是因为在工作中他们配合默契、彼此欣赏，他也有愧疚，所以做到了“发乎情，止乎礼”（其实有了暧昧，怎么能算止乎礼？他们止乎礼的标准是没有身体的接触）。甚至在他的一再劝说下，这个女孩也终于答应了一个男同学的恋爱请求，准备结婚，他们想要慢慢淡下来，也许现在感情还没有完全消退，但是让我相信他，他会解决好。

春节时说好了，今后只谈工作，可是我发现短信的时候，已是8月，他们每天都在一起工作，慢慢淡下来，还是会越来越热烈？就算他能解决好自己，他能解决好她的感情吗？他真的有这个能力吗？他告诉我这个女孩在工作上给了他很多的帮助和支持，他不能过河拆桥，也不愿意过多地伤害她，所以，他至今也没有告诉这个女孩我知道了这件事，他认为只要他不再积极回应她，她自然也会慢慢冷却。他还告诉我那个女孩也对他说："没有拆不散的夫妻，只有不努力的小三。"可是她不想做那个拆散别人家庭的小三。

连岳，你相信吗？我不信，我丈夫，他也一定很享受这种感觉，有一个彼此有好感的异性一起工作，那个女孩，有一个心仪的上司，工作中保持暧昧，回到家有一个她称之为"贱男"的男朋友宠爱，这都是些什么人啊？这么贪婪、自私，就算他们也偶尔有点良心谴责，但是更多的还是刺激和享受吧！

我没有去找过那个女孩，因为我认为没有这个必要，我只是要想清楚我自己想要什么，今后要怎么办？不可否认，我丈夫在某些地方是比较优秀的，所以对年轻女孩也很有吸引力，他们交往期间，他疏远过我，冷淡过我，这些，都是我的伤疤，我不知道自己能不能放下，更何况，他们现在还在一起工作，而且不知道还要在一起多久。每天想起这些我都心如刀绞。

十几年的婚姻，的确很难再有爱的激情，而自然而然转化为亲情，我自问，我是一个优秀的女性，对于这个家，我竭尽全力地爱护、珍惜，用心去做每一件事，工作中，我也尽职尽责、发挥才干、受人尊敬，我也曾受到过诱惑，在我倍受冷落的日子，我也渴望有个温暖的肩膀可以让我靠一靠，但是我“没有屈从于肉欲，没有败给孤寂，没有输给渴求温暖的贪念”。因为我爱我的丈夫、珍惜我的家庭。但是我仍然距离幸福好远啊！

那个现在年轻的女孩，再过 10 年也会老的，也变得不再新鲜，我丈夫是个聪明人，他怎么会离婚呢？他想要的也许只是轻松和暧昧，那个女孩，自己也知道想成为成功的小三，恐怕也还不够资本，于是他们都找到自己的平衡点，如果不是我看了短信，这样的日子，对于他们来说真的还不错，鱼和熊掌得兼。

连岳，我知道人性是不完美的，其实我赞同的是，如果爱上了别人，不论新的爱情会怎样发展，都要离开、都要告诉现在的伴侣，这是对别人、对自己最基本的尊重，可是现在的利益社会，很多人都在算计下找到平衡，还打着“我是个负责任的人”的牌子，他们认为只要没有动摇家庭的根基，只要没有导致离婚，什么暧昧啊都是生活的调味品，有什么不可以。

可我还是一个理想主义者，不会受到打击就会改变，我不会改变我的人生观、价值观，虽然我很痛苦，但是我不会报复，不会也去找一份暧昧来寻求安慰和平衡。我也依然相信，这个世界上有专一的爱情，有值得爱的人，也有真心珍惜我、爱我的人！

我也想过离开他，可是看到他我又觉得自己做不到，也许现在的我依旧还在爱着我的丈夫，但是这样的爱真的令我痛苦，我应该放下吗？让他自己解决，相信他？让时间平复我的伤痕？还是，选择离开他，开始新的生活？

晓萌

晓萌：

好消息是，事实都摆在你前面，这样你的决定对你来说就是最合理的。就怕草率下的决定，之后又新发现新的事实时，已经没机会再回去取消决定了，正如错判了一个人死刑，当真凶自首后，也唤不回蒙冤者的生命。所以，缓慢定罪是个好习惯，见他人眼里有刺时，自己眼里可能有梁木；在仍有死刑的法制国家，判处一个人死刑，从定罪到执行，其间有相当漫长的程序提供时间缓冲，这都是因为害怕犯不可逆的错误，尽量等所有事实浮现。在罪错面前，从重从快，义愤盖过理智，表面上快意恩仇，实际上却可能恩仇不分，徒增暴戾之气。

缓慢定罪，当然也适合爱情。想到前不久有人在网上直播自己抓小三的事情，只有笨蛋才会急匆匆把自己的私事公之于众，收获一些“沙发”式的同情，这些同情有什么用呢？它们不过唆使你爆些更有趣的细节，而你和她，在观众的喝彩声中，就变成你死我活，刀刀见血的角斗士，直到其中一人倒下，才算结束——而且还是免费表演。相爱一场，还有什么能比这种收尾更让人伤感呢？就是不爱他，你也得爱自己啊。

人与人间的暧昧，或者说好感，一定会存在，如果你爱的人，全世界只有你一人爱他，那多半不值得爱。你不太凄惨的话，你爱的人可能也有别人觉得他可爱。这里就有暧昧的灰色地带了，比爱少一点，比友情多一点。你雇福尔摩斯也捉不到奸，却很容易看出他们话比较多，这全看个人接受的尺度了。没有发生性关系，也许多数人就认为没越界，但也有老公多看人一眼就情绪崩溃的，可能并没有标准答案。苛刻一点，也许爱情和婚姻保有的难度就大一些；宽松一些，则容易生存。婚姻的合与分，是个理智的选择，诸多因素会逼迫当事人采取一个比较合理的选择。所以你会思前想后，最后的结论是“我也想过离开他，可是看到他我又觉得自己做不到，也许现在的我依旧还在爱着我的丈夫”，现实与理想总会讨价还价的，谁也没办法满足自己的全部要求，买东西，很多时候比自己想象的贵一点，打牌，抓到手的牌总是比想象的差一点，这两大遗憾也不能改变我们逛街和小赌一把的乐趣，那么，爱情凭什么不能比自己想象的糟一点？它往往是第三大遗憾。

意外发生后，唯一的标准是：我还爱不爱他（她）？不爱，那就不需多说了，干净冷静安静地分手，自己早早重新开始。爱，那么任何一点他向你回归的信号、任何一点离不开你的牵挂、他和别人任何一点去除暧昧的努力，都是有利于你的，你当然应该强化这些因素，让你们的关系再次紧密。这是你在赢，千万不要他一靠近就踹他一脚：你这贱人，胆敢负我！这样他又跑了，几个来回，你不烦他也烦了。不做这种最有利于自己的选择，就是在帮小三的忙。暧昧像蒲公英的种子一样飘在空中，老婆的失误，对它来说，就是落地生根的沃土。

为什么要隐忍？为什么要权谋？当然要，爱是这么宝贵的东西，值得为它读点《孙子兵法》。

祝开心。

连岳

2010年9月21日

教养的核心是独立

连岳：

你好。我年近30岁，出生在知识分子家庭，有很好的教养，从小听父母的话。大学本科毕业后，做了一名教师，工作还是很稳定的，但我个人问题在工作五年里一直没有解决，通过朋友介绍也见过不少人，每次都是见了一次面之后就没有下文了。为此，父母很着急。

六月，在婚恋网上认识了H。七月，见了第一次面，虽然人长得不好看，但感觉是老实稳重的人，第一次见面算是很聊得来。他对我印象很好，每天都会发N条消息联系我，我也想先交往段时间再说。可是，当我回家向父母提及此事时，我父母强烈反对，要我马上和他断！原因有二：他是做IT的，我父母不喜欢这个职业，辐射太厉害，对身体不好，而且工作不稳定（父母对我择偶职业的条条框框很多）；他工作单位离我很远，我在郊区，他在市区（父母很传统，一定要我找个离自己近一点的，婚后有个照顾）。我对他说了我父母的看法，但是他还像往常一样跟我联系，还想要和我交往下去，那我也就顺其自然了，毕竟现在手头没有人。当然，现在我和他的情况我父母根本不知。

到现在为止，我们已经约会了三次，还未牵过手，我对他渐渐也有了好感，可以说我们在一起很合拍，就连想要说的话都是同一时间说同样的话。但我现在压力很大：

1）每次我都是偷偷摸摸的，找个借口骗我父母，出来和他约会，时间久了，心会很累！

2）打算交往下去，我就要向父母坦白，我不敢想象到时候情形会是怎样的，肯定会挨一顿骂。

3）如果要和他走到一起，就要在下半年找到份在市区的工作，如果找不到就算了，我也不想耽误他时间。

另外，和 H 的交谈中，得知他以前有一个谈了 4 年的女朋友，到现在为止差不多分了有一年了，那女的去过他家三次，也就是要结婚的那种程度，后来那女的找上别的男人了。每次谈及此事，他都是叹气。我不知道，他到底有没有彻底忘记过去。我知道男人对第一个女人总归是念念不忘，就算对第二个女人再好，终究比不过对第一个女人好。看到这里，你或许会说，如果没有感情经历的男人就不会讨女人喜欢。但是，就是这一点我不能接受，我不甘心，你会不会觉得我心理有点问题啊？而且，有些时候，我会胡思乱想，四年了他们到底到了什么程度了？接吻，还是上床？唉……

我现在对感情的事情有点害怕了，不敢再相信任何人。以前大学里谈过的两个男朋友，一开始对我都很好，我都没有动心，过了几个月，我就开始动心了，对他们很体贴也付出了很多（我是一个感情投入很深的人，可能是摩羯座的缘故吧），但是他们却对我冷漠起来了，最后提出了分手。每次都是爱一回伤一回！是不是男人都是在得到了之后，不会珍惜的呢？连岳，我不知道这次的 H 会不会也是这样的人，怕了！其实，结婚并非我想要的；但如果不结，会在父母那儿说不过去，对我来说只不过是完成任务罢了，但要结，也要找个爱自己，各方面合拍的人吧。

思维很乱，一股脑地把碰到的问题都对你说了，先写到这里吧。你能帮我理一下思绪吗？谢谢了。盼回信！

QQ

QQ:

我可能教养一般，恕我先直率一句：我看不出来你有很好的教养。

所谓教养，即教育和修养基本完成，一个独立的、自主的、包容的人格形成。一个近30岁的女人，你的邮件都是：父母想、父母不许、父母以为、听父母的话、父母强烈反对这些字眼，13岁的女孩也不屑这么写吧？

狗因为它对主人的绝对忠诚，从而换来了物种的生存，喜欢狗的人心甘情愿地照顾自己的宠物狗，定时喂它们，带它们散步，跟它们说话，当然为了怕它们发情时麻烦，也会阉割它们——我想狗不会有意见的，这是它们必须让渡的权利。很多父母养孩子跟养狗一样，确实很爱，不过只会把他们养成宠物，离开父母就是死路一条，心理阉割得很彻底。这种像狗一样的绝对忠诚的气质，是不是修养，我很存疑，或者，我们可能折中一下，称之为狗的修养。如果一个人变成这样，那么，确实毫无幸福可言，至少我是这么认为的。

你有两条路，一条是熟悉的路，顺着父母的意思，他们找到一个百分百他们满意的男人（再加个伤你自尊的条件，如果这个男人也愿意要你），你就完全放弃自己的感觉，无论多么不爱，也跟这个男人结婚生子，你父母去世后，你就绝对服从你的丈夫，不要让任何自我感觉出现在你的心里，“我是一条绝对服从的狗”这句话应该写在日记本里，当成QQ签名，视为人生信条，绝不能有怀疑。

我很喜欢狗，我也尊重其他人选择的生活方式，上面的意思是，如果一个近30岁的人都还没有自我意识，都还事无巨细跟父母汇报，完全将父母的意志视为自己的意志，那么，这个人还是选择继续当父母的宠物更为合适一些。

另外一条路的可能性，对你来说，已经微乎其微，如果你还想要有自己的感觉，那么，做这些事：爱你喜欢的男人（不管你父母喜不喜欢），大大方方出门去玩、去恋爱（你是一个快中年的成年人了，不需要谁的批准），你可以有自己的隐私（即意味着你不必向父母汇报，你可以只说你想说的事）。先别想太多，上面这几件简单的事做到了，身边才会有男人，否则你身边的男人就只有你父亲。试试看，应该不会太难，不会太痛苦，这是常人都能做得到的。与此同时，我也劝你放弃“出生在知识分子家庭，有很好教养”的假象，你可能出生在知识分子家庭，但你的知识分子父母毫无教养你的能力，你现在是一个需要重新学习基本独立生存技能的人。

一个不会做决定的人，没有主见，扔到天堂，他仍然以为在地狱。劝那些当父母的，不要把自己的孩子变成这种人。当他敢怀疑你的观点，当他不同意你，当他的见识超越了你，不要恼羞成怒，反而应该开心，他变得强大了；把孩子压制得像个奴隶，百依百顺，如果你觉得很爽，那么，他30岁时就仍然会可怜无助地写求救邮件，这是你希望看到的吗？

祝开心。

连岳

有尊严的人未必得到爱，无尊严的人却必然得不到爱

连岳：

您好！

知道您每次阅读、回复读者的信，很辛苦。也很佩服您的解析能力，觉得都很有理、非常到位。现在有一件事也得麻烦您了，因为一直无法理解。

我今年 27 岁，和他相识于交友网络。第一次见面，为了不失去他，我就向他隐瞒了自己的学历和毕业时间，骗他毕业时间是因为学历高了毕业时间就延后了。我是中专，骗他专科，他是本科。

交往三个月后，他感觉我的学历不对劲儿，就问话套我的学历。为了圆这个谎不得不编其他的谎。但我不是一个有城府的女孩，藏不住话，最终还是没有藏住，被他套出来了，我只好承认自己的真实学历。当时他的决定就是告诉我，“我们暂时先不要住在一起了，你回你家住，我想冷静一下，冷静之后告诉你结果”（当时晚上基本天天去他那儿住）。

我自认做错事，应该接受他的惩罚，所以也只好同意了他的说法。但是，他决定分手。一直到现在都认为，我是犯错误了，但错不至分。朋友们都说他是找借口，可能他有新的恋情了，所以刚开始一直问他：到底什么原因分开的？他说：就是你骗我，不骗我起码不会到分开的地步。由于自认好不容易碰上一个好男人，不想轻易放手，分开时和分手后我苦苦纠缠。而他对我的态度则是从 100 度直降到 0 度，甚至没有给我喘息的余地，绝情、无情得令我找不到词来形容了。

分手后他的态度是：最开始是不给我任何过多的解释，简单地说完绝不再说第二句。中间是如果我联系他，他直接不理不睬，电话拉到黑名单，短信从来不回。并发展到警告我不要再联系他。最后是再联系他直接就辱骂我，说我的样子想起来就恶心，等等。人身攻击、辱骂我家人，想起来都觉得不可思议，此人怎么会这样呢？以前从来没有发现啊。越来越绝情。打个比喻：他住三十楼，我住一楼，爬到三十楼问他分手原因，他简单地解释一下就不再过多地解释了，然后我又有其他事情不能释怀，爬到三十楼再去问他，最开始那一小会他还能给我简单的解释，再到后来连解释都不愿解释了，懒得搭理我，不再理睬我。如果再爬上去问他，他就直接把我从三十楼丢到一楼，直接把我摔死，干净干脆，一了百了。对于他的态度和绝情，我就是这种感觉。

现在每想起这件事就觉得挫败感很深。我真的这么差劲吗？连个朋友都不愿意和我做。为什么他对我这么绝情，一次次伤得体无完肤。很困惑的是：他为什么对我这么绝情？他真的是找借口吗？十分感谢！

女子

女子：

下一次恋爱不要编造学历了。学历这种谎言，一查就知道，就算成了，难保你的同学朋友家人不说漏嘴的，这种事情还是诚实一点好，不然就像你说的，圆一个谎不得不编另外的谎，别说没城府了，就是城府深的人，克莱登大学的毕业证书也拿得胆战心惊啊，何苦呢？

恋爱中的一些情况是必须诚实的，尤其最后的目标是婚姻的恋爱，除了学历，家庭概况、宗教信仰、疾病史、自己的爱恶，这些都得如实陈述，对方有权利知道这些，这也是在排除婚后的地雷。也许恋爱中的人都会不由自主地美化自己，算是本能吧，但妆不要化到自己都认不出来。

有人认为（甚至是许多人），只要把对方骗得结了婚（婚字就是女人头昏），那些他（她）不喜欢的真相就不得不接受，总不能因为发现我是冒牌大专的中专生而跟我离了婚吧？这样旁人不就说你小题大做吗？旁人不说你不是也付不起这离婚的成本吗？想想其中的麻烦都会让你暗叹一声：罢了，罢了……

你是这么想的吗？应该是吧？至少你认为没什么大不了的，虽然是错，但错不至于分手。可惜分手是两个人的事。他觉得应该分手，另一人再不甘愿也没办法。

另一个恋爱经验是，恋爱不是维权，执着纠缠会起作用，走得从容一点，也许还有机会，恋爱中分分合合也是常见的现象，有人一分手才觉得其实是分不了手的。像你这样“由于自认好不容易碰上一个好男人，不想轻易放手，分开时和分手后我苦苦纠缠”，反而就分定了手。

分手往往会通过暗示表达，不伤对方自尊，这是文明人的做法，双方点到为止，无声胜有声。不愿走想纠缠，就不会在乎暗示，甚至假装不懂，能赖就赖，对方只好加大剂量，变明示了，明示还不行，那就不理不睬，拉黑了事了，还不行，这个被逼急的人可能都会诉诸暴力。双方都成野蛮人了。

每个人都觉得自己可爱，不应该被分手，所以你从一楼爬到三十楼去纠缠很辛苦。从他的角度想，一个人如此不畏艰辛地纠缠他，他心里更添憎恨和恐惧吧。最后就把你从三十楼扔到一楼了。这正像恐怖片里男主角被女鬼纠缠，观众哪里会体谅女鬼：她多辛苦啊，只能晚上行动，又没办法打扮得漂亮一点，披头散发，有的还要伸着舌头，从一楼飘到三十楼，而男主角呢，不过美美地睡在床上，适时尖叫一声就收走了观众的同情票。这就是说，如果你打扰别人、纠缠别人、烦恼他人，那么越是辛苦，就越让人讨厌。

人不能变成鬼。无论是因为爱还是因为恨。有尊严地爱，爱不能让人失去尊严，为自己的低学历骗人，就是失去尊严；证明自己水平相当于高学历，这是有尊严；接受对方态度坚决的分手决定，这是有尊严；死乞白赖，这是无尊严。

有尊严的人未必会得到爱，但无尊严的人却必然得不到爱。还是当前者吧。

祝开心。

连岳

世界会不会变好

连岳：

你好。

妈妈最近总是催我：找男朋友了吗？你也不小啦，该好好考虑一下啦。是啊，是不小了，不得不承认，我已经24了。俗话说：女人25，青春分水岭。是不是我也正迈进了大龄未婚女青年的行列给社会增添负担了？得准备接受世人怪异的目光？但仔细一想，也许等过了25，会发现也没什么大不了的嘛，生活依旧继续，太阳照常升起。你看，这是不是所谓的盲目乐观？

在我更年轻一点儿或者说更傻逼一点的时候，会比现在更容易喜欢上一个人。可是越长大，发现自己变得越来越挑剔，变得不包容：A男太矮影响下一代，B男太丑影响我食欲，C男太蠢不解风情对不起我的智商和情商，D男他妈的是个装逼犯……满世界满大街都是男人，可愣是遇不到一个让自己心动的正常未婚单身男。跟同是天秤座的女朋友谈起，发现我们俩惊人地一致：外貌协会会员，还是持 VIP 卡的那种。如果对方太丑，或不符合自己的审美标准，那么无论他怎么优秀对自己怎么好，都无法说服自己接受对方，丝毫没有一丁点儿犹豫。我们还一致坚定地认为：那些嫁出去的女生，不就是比我们更能包容对方么，心一狠眼一闭，也就嫁了；他们的老公我根本就看不上，给我我肯定不要；他们看起来很般配很幸福，可背后一定有不为人知的难念的经……典型的吃不到葡萄说葡萄酸的心理。当然，在八卦的那个时候，我们都觉得自己是公正的，是客观的，头头是道不容置疑。

当然，我没敢跟任何认识的人讲，我爱上的那个人，他已婚。看过《在云端》吧，就是乔治·克鲁尼演的那个，这部电影当初也是他推荐我看的。他说，男主人公的生活就是我的真实写照。他是一家公司的总裁，满世界飞那种，家在北京，不过经常来上海。他很高（186，我迷恋高的男人，有安全感）、很帅、稳重、淡定、身上很香、口气清新，有家室有女儿。他的每一面我都很喜欢，就算是仅仅站在他身边，我都心神荡漾，觉得自己要飞了起来！一开始是他很主动地找我，到后来，是我去主动找他。要是他在事后给我钱，那事情就可以很简单地解释成二奶或者包养，但是我却没有图他任何东西。就只是大半夜他刚下到上海的飞机，一条“你过来吧，我在××酒店”的短信，我就可以立马打的过去见他。然后在床上我会忍不住勾引他，让他欲火焚身然后做该做的事。

每次他回北京后，我都会郁闷得想死，每次都告诫自己，这是最后一次，以后再也不许自己做那么傻那么贱的事了。但我还是很想他，他身上就是有股迷人的气质，让人忍不住沉溺进去，他就是仅仅冲我笑一下，我都会欲仙欲死无法自拔。

当然，在他不在上海的日子里，我也不会闲着，我总是跟已婚男人们在一起，装可爱，卖萌，撒娇任性，吃饭谈人生谈理想聊电影看话剧，极个别的还会上床。反正就是大家眼中最鄙视的那种女人。这是不是人们口中所说的小三？也许你现在心里已经在骂我了。但是我却丝毫没有想破坏人家家庭的意思，我就是觉得已婚男人更体贴，跟他们在一起，我很开心，身心愉悦，对自己也更有信心。也不是没人追，但我就是看不上，死活没感觉。我是一个很感性的人，物质基础什么的都不是很重要，当然有钱那是锦上添花的事情。有人说，我的感情观是畸形的，破坏欲很强，是不是隔锅的饭更香？抢着吃的才好吃？

我觉得自己是个好人，我只是对婚姻、对感

情没信心而已，对对方，也对自己。因为就我自己看到的听到的以及经历到的，这世界上没有不出轨的男人。只要天时地利人和，孤男寡女在一起，怎么可能不发生点儿故事呢。我但凡看上了一个已婚男人，把他推倒那真的是轻而易举的事情。所以我经常想，要是等我以后结婚了，我老公肯定会被很多小姑娘看上的，一想到这个，我就对未来的婚姻充满了不确定感和恐惧感：这世界怎么是这样的？还有我自己，我怎么可能做得到一生一世永远只跟一个男人在一起，我就算再爱对方可首先我最爱的还是我自己，我做不到给对方任何承诺。

我知道，要脱离这种傻逼加苦逼的状态，首先第一条就是忘了他，然后再也不见他。这算什么呢，他只是把我当作一个玩物，我这边还苦苦地折磨自己，虐待自己。

这狗血的人生啊！

狗血

狗血:

《时尚先生》曾经做过一期儿童节专题，其主编钭江明先生说，有个孩子对世界的看法深深打动了他，这小女孩是这样认为的：世界当然会变得更好，因为坏人也会让自己的孩子当个好人。

我也很喜欢这话，虽然太过乐观。在从鼓浪屿到厦门的轮渡上，我听过一位母亲大声埋怨小小的女儿：“你怎么这么呆呢？出来旅游，也不知道跟爷爷奶奶要钱！回去不能这么傻了，得跟他们说出来花了不少钱。”这种教育法已经算凶猛了，不过了不起把孩子教成爱占便宜的人，也不至于教成多坏的人。没人会教自己的孩子当强盗和小偷，就算自己是强盗和小偷。所以总的来说，小姑娘的乐观还是站得住脚的。

比如你吧，自我评价也是一个“好人”——我相信你，与此同时，很多读者可能不信——退一万步，就算你自评为“好人”没人相信，也说明你想当“好人”。世界还是向好的。

爱情和婚姻，是世界中最难变好的，主要原因就是这种“一定要变好”的正反馈太少了，其中负反馈比例很高，当两个人之间洒满狗血时，反而像猜中了作案凶手一样有点兴奋：我早说了吧，你会杀了我们的爱情的！

还有什么比这更凄凉的了？好像我们的人生就是不停证明

自己活该倒霉的过程，这挺符合受虐狂的定义了。所以每当你要诅咒自己时，请记住上面那个小女孩的世界观。

如果你觉得小女孩不谙世事，纯属胡扯。那么，金融大亨索罗斯，他用自己的“反射理念”验证了这种童真的可行：我们的观念和事实是互相影响的，简单地说，人人觉得股票会涨，它就涨了，看跌的人多了，大家抛出，它就真跌了，而一个上市公司真的价值，在这种反射中，有时会偏离得惊人。索罗斯用他在市场上的成功证明了自己的理论。

你的观念，它会慢慢成形。

这些理论放在爱情中，就是回归到基本：相信爱。一个人不相信爱，那她就永远不会有爱，即使长得漂亮，有人真爱她，她也认为男人不过是一条化妆好的阳具，那么，再好的爱也经不起折腾，容颜也会凋零，爱那时就真不存在了。当然这不意味着我鼓励相信无条件的爱，爱有严格的产生条件，不会无中生有，身体、经济条件、适当的感觉、那忽然一眼的好感……这些俱足时，你是一个相信爱的人，那么爱就容易产生、生长。

生活在负面事件中的人，首先要做的，是建立正反馈，小三，容易觉得男人容易推倒；包二奶，容易觉得女人容易收买；在比比皆是的劣质婚姻中，容易觉得婚姻低廉。此时要做的，是告诉自己，我所处在世界，只是世界的一小部分，尝试着去了解世界的另一面。这点要像强盗和小偷学习，他们一起合作的，基本上是同类，干的事情，也容易让人怀疑人性，但是他们知道世界上除了鸡鸣狗盗之徒，还有无数美丽的人类，所以，他们会让自己的孩子当个好人——至少选择当医生或律师。

对你来说，把男人推倒的同时，提醒自己“我推倒的只是一类男人，可能还有人跟他们不一样，值得我爱”。这就是一个好的开始。这样可以保存希望的反射。

祝开心。

连岳

2010年10月12日

红泥小火炉

连岳：

你好。只是倾诉而已，或者也可以说是分享。因为我认为我的改变是你调教的结果。

客观地说，我从小比同龄人读的书多，比如我在小学时就能背下《红楼梦》中的重要章节。文采在初中时崭露头角，老师们也都对我很青睐。有一点量的积累却还远不够质变，导致我变得心性清高、貌似恭谦实则傲气。

从初中到现在参加工作，我花了十多年的时间，终于在一个适合静静沉思的下午，承认了一个事实——我是一个天资平庸、后天也并不高明的人。我没有技高一筹的砝码，没有允许自己处乱不惊的风度，我就是一个天资那么平庸的人。起点没有比别人高的同时，没有理由在纷繁的忙乱中却还企图“在时间之外做那个拈花微笑的出尘女子”。

这个安静的下午，我顿悟了这个事实。我不再相信上天在往尘世瞥一眼的间隙，就能发现普普通通的我。这一刻，我轻松了。

连岳，你的专栏作品我是去年夏天才接触的，朋友借给我你的三本“爱问”，我花了几天时间统统读完，却明确地发现——我一定是你十分讨厌的那种人。真的，我十分确定。那时的我，应该正是处于被自己欺骗了若干年的失常状态。

我是一个编辑，写文章，也为别人改文章，常常优雅地敲出那些所谓的洒脱睿智的句子，却会因为现实中小小的不如意而懊恼许久。我拿起诗歌集就犯困，但是别人请教时，我却还能东拼西凑出一堆高深的见解，说得有模有样，自己都信了，对方更信了。我明明内心很喜欢余秋雨的文笔，但是看到有前辈在骂，也就跟着骂一番以表明我高尚的立场。我明明很喜欢三毛的浪漫纯真，但是看到有人犀利地指出她的虚伪幼稚，我也就跟着对她作一番负面的评价以表明我的不幼稚。

幸好有了那个傍晚的那次伟大的顿悟，不然我将一直这样貌似自信地自卑下去。

跟密友说起这个小小的心得。她说：“这事儿我在高考之前就觉悟了，那时就明白，自己就是一个普通人，不可能不好好学习就考得上大学。”这一刻，我有些失落——她并没有会意我的话。我所说的天资，关乎性灵，倒没想到学习什么的。

学习好的人，有的天资也不怎么样。况且，无论天资如何，不好好学都没有考上大学的可能。

看来各人给天资下的定义不同。有的人觉得天资就是聪明的智商，就是过目不忘的记忆力，有的人觉得天资就是 15 岁考大学的那些孩子，而我，却觉得天资所指的内容更为宽泛，就如同宝黛二人隔着花树遥遥知意的那份通灵，来得自然、来得随意，天性里的一段神韵。

特立独行的张爱玲，公然穿着晚清的绣花袄裤招摇过市，冷艳率性的气质至今惹得小资姑娘们频频艳羡，但却不是每个人都能将晚清的小袄穿成那样一道载入文学史的风景，绝大多数庸人的效仿，只是徒然为街头巷尾增加笑料罢了。有人说："这世上所有真性情的人，想法往往与众不同。"即使有人并不理解天资是什么，但恐怕谁都知道真性情这东西，确乎是天性使然的。

我凭什么认定拈花时的微笑才超然美丽？那么多的时间和场合，我抬头低头间都可以任意地微笑，何必拈花？

密友关切地说："做好自己想做好的就行了，别想那么多。"我淡淡一笑，我至今为我这"多想"的一着棋庆幸和欣喜，从没认为这是不该多想的。我知道她想表达的意思。她以为我的顿悟是忽然自卑，其实不是的，只是我忽然敢于正视自己身上的真相了，我感到很安全，很平静，甚至，这是完全有助于我消减自卑、提高自信的。

有个作家写了三十年的文字，终于有一天，承认自己是一个并不会写文章的人。连岳你多次以称赞的口吻说过这个作家的这种顿悟的精神。至此，我才明白这其中的真谛。这绝不是自卑和妄自菲薄，而是毫无疑问的进步。

从今天起，我争取做一个不浪费纸张的编辑。

谢谢你，连岳。

月落

月落：

你不是我调教的结果，虽然听到你这么说我挺开心的。

想到前段时间有个孩子的邮件，说他看完我的书后，他再不会继续尝试自杀了，他觉得世界美好，将认真活下去。听了照例开心，但也认为功劳不能归于我。

许多人述说自己慢慢变得平静、柔软、宽容，从大火聚到大清凉，看了替他们开心，更觉得那是个人的造化，我是可有可无的因素。

真不是谦虚，人人都是可有可无的。作为一个写文章的人，当然极力想证明自己的文字重要，可任何人写到最后，也许都会发现，自己的一切消失，世界也不会减轻一丝一毫。我甚至替别人也把重要性降低了，让识字的人们投个票，选出最伟大的十个作家，他们中的任何一个彻底不存在，人类社会有不同吗？不会。

这不是导出虚无主义，好像人人不必作为，干吃等死最好。

我觉得我的文章不重要，可仍然会写下去。你我觉得自己是个普通人，可仍然会继续活下去，不会允许他人侵犯自己的独立与尊严，照样在寻找爱与快乐。

找准“人”的位置，我觉得才使存在更有意思，它少焦虑，多舒展。写作者下笔之前觉得自己是在改造世界，我相信这只会让他的文字令人生厌。

一直追究到底，人其实是为自己活着的。当然，这又不是为了导出绝对的自私，似乎损人利己天经地义，因为周围的环境不接纳你，你活不下去，一个为自己活着的人更善于与他人共存，为自己活着的准确含义是尽力发现自己是什么，这颗种子到底会长成怎样，它的可能性绽放出来的情景会是如何，在终结的寂静到来之时，这乐曲想说些什么？

一个人要做的，只是不停下来。给我们的能力，只是让我们保持前行的动力，这能力也许是写文章、做豆腐、盖房子、跳舞，或力大无穷，或精于计算，可能是出色的商人，可能是有责任的从政者，你也许跑得快，你也许会玩球……

上述诸人的共性是：都会爱。

多爱，爱自己，爱他人，多谈几次恋爱，在一次恋爱中多谈几次，和你爱的人活多久，你的恋爱就谈多久，你和她都在变，你和她都不完全知道爱最终是什么，它未必在青春时就已唱尽，主题藏在衰年的炉火边也有可能。

光滑的肌肤、强健的体力，甚至性能力，在漫长的旅途中，都将一站站下车离我们而去，只有爱陪我们到终点站。它会一直和你谈话，尽量让你知道你是谁。

即使知道自己是谁，即使爱让我们有黄油将要融化的舒适感，这一切只是我们自己的快乐，“顿悟”也罢、“渐悟”也罢，要预防它们成为觉悟的傲慢，登上彼岸，就转头嘲笑此岸全是傻逼，这一笑，就回去了。我觉得人做的一切，主要是让自己热，红泥小火炉，目的不是讽刺别人冷，正如做爱不是做给别人看。

祝开心。

连岳

2010 年 10 月 19 日

情人比较美的幻觉是如何发生的

连岳：

你好，给你写这封信犹豫了好久。现在案头就有一本《我爱问连岳》的书，从书中可见你对两性间的情爱有相当的见地。年轻时最欣赏的两个人是王小波和鲁迅，有段时间曾认为王小波给我打开了通向另一个世界的门，他看问题的方式令人茅塞顿开。而鲁迅对人生纠结、痛苦、寂寞和无处可逃的孤独感觉的描述更是绝妙。不巧的是，我现在恰恰面对这种无可奈何的痛苦，但找不到破解方式，不知是否冒昧。

请允许我先作下自我介绍，我是一个大学老师，比你略小几岁，有个漂亮贤淑的妻子和一个两岁可爱的孩子，按常人来看应该是很幸福的了，事业有成，家庭美满，可一切因在去年初遇到一个女孩而改变。这个女孩只有 22 岁，我第一次见到她时，就知道我们之间会发生一些事情。三个月后，我们在一起了，无法描述那种感觉，借用你书中的一句话：就是一个烟鬼抽完一卡车香烟后那种感觉。去年一年，她陪我走遍全国各地（我经常出差），那真是一段难以忘怀的时光，十里平湖霜满天，寸寸青丝愁华年，对影成单忘相互，只羡鸳鸯不羡仙。我们常说，把每天都当成最后一天，现在，终于要到那最后一天了。

在遇到女孩之前，我其实是很反感这种婚外恋的，我从小家教很严，父母都是老师，而现在我变成了我自己唾弃的人。你知道，要同时应对两个爱你的女人是很难的，那种心理上的压力简直让人崩溃。一天，我忽然觉得非常累，然后我和那个女孩说，我们分开吧。她想了两天后，说那就分开吧。如果事情就此结束，那么每天太阳照常升起，可事实上不是这样。

最近几个月来，我每日每夜想她，想到某天我手机关机她连打我六十多个电话，想到她因看到我妻子短信而整个脸变得扭曲，想到她为陪我无缘无故地离职，想到她在我面前快乐蹦蹦跳跳的模样，我简直要疯掉了，无法正常工作，出版社的稿件不能完成，项目鉴定一拖再拖，上课答非所问，整夜失眠，完全像个不经事的少年。我发觉我是真的爱她，离不开她，我想找她，可是我又过不了自己心里那道坎，无法面对我的妻子和孩子，我已经伤害他们太多了。

你在一篇文章里曾说，像我这样30多岁的老男人，在20岁的姑娘面前就像一只赖皮的狗，但我觉得其实不是这样的，每个人自己内心的隐秘世界只有自己知道。对于这个女孩，我有时觉得她是我的情人，也是妻子，甚至是我的孩子。她从小父母离异，由奶奶带大，至今不知父母在哪，她曾说我是唯一的一个真心对她的人，是她所有的依靠。她极像我少年时的女伴，年轻时因自己不懂事而让那个女孩失去了一条腿，这种愧疚感一直压在心里，而她就是上天给我重新弥补过错的机会。我们在一起时，她从未要求我为她做什么，她说不希望我因她而离婚，那样我这个学院最年轻的教授会失掉一切，她不想我的孩子像她一样，她希望以后能嫁得离我近一点，这样能常常知道我的消息。

一个礼拜前，我终于熬不住，给她去了电话，我们又在一起，见面整整亲了一个下午，然后又是一番死去活来。之后，她告诉我，她去了KTV上班，我问她为什么？她说，每天有免费的酒喝，可以忘掉所有，那多好啊！她又说有个男人对她非常好，每天去她家给她做饭，可是她不舍得我，她想和我一直下去。

连岳，你知道，我不想她这样，像她那样的漂亮女孩，在那儿上班，会毁了她的。同样我也无法面对我的妻子，妻子知道这件事情后对我说，她本来是个普通的城市女孩，我给她开了另一个世界的门，现在我又亲手关上。我的孩子已经开始懂事，可她的父亲是这样的一个人。现在，她又这样地自暴自弃，我真的不知道如何面对。这世界两个对我最好的女人，她们的人生都因我而变得灰暗和支离破碎。也许只有逃离才能解决这一切，我最近申请了去国外做访问学者。我不知道自己这样做对不对，你可以说我是个懦夫，可是我真的没有办法，有一天晚上，我站在高楼的阳台上，看着楼下的灯火通明、车水马龙，都想跳下去，那便一了百了。连岳，请原谅我的冒昧和语无伦次，谢谢。真心希望你的回复。

须臾鹤发乱如丝

须臾鹤发乱如丝：

婚外恋是否正当，这不需要讨论，婚姻制度之所以会成为人类社会的主流的男女长久契约关系，自然就已经在舆论上长期压制了婚外恋。当然这个婚姻要加定义，它是相爱的两个人自愿建立的，有散伙机制，否则的话，所谓的婚外恋就有了正当性，反而具有了追求人权的正当性——人权包括成为自己爱情的性器官主人。

根据这个前提，你的婚外恋并无正当性，这点你也没否认。只不过是对自己的行为与自己的观念相悖而产生困惑，为什么想明白了，却无法做到？为什么我们一边骂自己一边却停不下电脑游戏？为什么再喝一杯就醉了却又开了一瓶酒？为什么明知道自己承受不了却买了一套昂贵的房子？为什么明了自由之美却又轻易屈从于少数人的管制？为什么环境崩溃人类一起沉没完蛋，我们仍然在泰坦尼克的甲板上讨论座位问题？

为什么？这就是人，他有误差，他有偏差，他达不到理论上的完美。这并不是说认知不重要，它的重要就是标识出我们还要走的距离，没有认知告诉决策者和大众，环境难以为继了，唯 GDP 论哪会退潮？接下来一句涉及自我吹嘘，没有这个专栏一直在讨论爱情，爱情哪会逐渐变成可掌握的常识？

所以，你认为婚外恋不好，但你有婚外恋，这种互相否认的组合，它并不奇怪，其中的偏差，等着你解决而已。婚姻恋爱与你的学术研究，它们的共同点就是，你有一串问题需要解答，而且前面永远有问题需要解答。

在许多关于婚外恋的故事中，有个永恒的疑惑是：为什么情人一定比老婆更有魅力？如那句俗话所说：妻不如妾，妾不如偷？如果是本专栏的读者，有记忆力好一点的，应该还记得曾经有人的情人和老婆角色互换后——他和老婆离婚后与情人结婚，但神奇地与前妻变成了情人——始终都是觉得情人比较好。开个玩笑，如果三个人决定纠缠一生，这种流动婚姻制也许值得推广，大家轮流当情人好了。

答案很简单，情人身上有老婆身上没有的好东西（严密一点说，是有你需要的东西，可能不一定好），不然就不会变成情人；而在对比当中，你始终是用情人之“有”来对比老婆之“无”，后者当然永远是输家。婚外恋永远都会存在，当它无法破坏现有存在时，它的危害是最低的，我的意思是提醒身处婚外恋的人，一定要注意你的对比方法的不合理之处，在取舍时更理性一点。爱一个人在很大程度上是接纳他的缺点，也许他会修正（比如抽烟），也许修正不了（比如个子矮），尤其是婚外恋期间不要强化他的缺点——尤其是你不想放弃这个婚姻之时。

最后，我认为你去国外当访问学者，以空间换取理性回归的选择值得一试。

祝开心。

连岳

2010年10月26日

你想听真话，还是听假话

连岳：

你好！

我 24 岁，某个三流省份的省会人，独女，普通大学英语系毕业（我觉得这个专业，真的给自己在很多事情的选择上带来了不少影响）。有一个谈了半年的男朋友，长相中下，身高 180 厘米，香港大学毕业，在香港工作，公司性质是投行，他做最初的分析员。我们家乡并不在一起，成长的轨迹几乎没有交集，但看待事物有一定的默契，比如点菜的时候经常脱口而出一样的菜，都热爱旅游、交友。他虽然人在香港，但本质仍然是个十分勤俭的人，理发只愿意花 25 块钱，49 元的都嫌贵。还有也老实，但这份老实，我并不认为是他本质的老实，而是他后天条件的限制，比如他不喜欢唱歌跳舞，KTV 几乎不去，酒吧也是去聊天的静吧最多，甚少喝酒，从不抽烟。

今年 7 月，他开始正式工作。我比他工作得早，深知工作后的人和学生是完全不一样的，所以也一直有点担心工作给他带来的改变是否会影响到我们的感情。而我父母的意见则是不赞成也不反对，我去香港看过他两次，住在一起。

无可避免的是，他由最初的一天一个电话变成一个星期一个电话，并且变得没有之前那么热情——这个我自己倒也还能理解。伴随着这些，让我渐渐无法找到角度去理解的事情一个一个浮出水面：

1. 他喜欢SM，虽然他对我不这样，但我仍然担心在这上面的长期关注会给他自己身体和我们之间的感情带来伤害（比如我就老觉得他可能会在某一天去找个ONS玩SM），而且他有一个QQ号是关于SM的，但为了不被我发现很快就删了（其实我已经发现）；

2. 他十分讨厌结婚生子，甚至连饲养宠物也不大喜欢，而原因居然是养狗狗要买食物给它吃——他觉得浪费钱，他更讨厌买房，因为觉得房价太离谱，买房就是买泡沫，现在买房的人都是傻B，结婚，结了婚以后就要为柴米油盐考虑了，生子，他烦小孩子哭闹，并且也觉得养孩子是一项永远收不回来的投资（他是学经济毕业的），他推崇丁克，并且觉得孩子根本不是二人感情的维系，丁克也一样可以过得很好；

3. 他从来不说以后会和我怎么发展，但却也关心着我对婚姻的看法，比如，他会问我周围的朋友结婚的多不多，问我如何看待结婚之类；他问我最多的问题是：你喜欢我吗？你真的喜欢我吗？你为什么喜欢我呢？会不会有一天你不喜欢我了……正是因为他一边问我这些问题，一边又极力讨厌结婚，才导致我大脑根本无法思考得过来，我不能理解如果你不想结婚，为什么要问我是不是真的喜欢你？假设我们根本不会去考虑结婚这个问题，那么只要现在我喜欢你就好了，真不真假不假根本不重要的吧。

前几天我去看他，他工作真的很忙，节假日无休止加班，加到晚上 12 点才回来。我想跟他嘿咻嘿咻一下，他都没有任何兴趣，并且觉得累，要早睡，明天要早起上班。这个我倒也能理解，但马上我就会想起他平日会看 AV，心里就很不爽，因为我觉得他是个可以通过AV解决生理问题的人——他不需要我，连身体都不需要我！

毕业前他说这样的工作是他最向往的，现在他会在前一天半夜骂骂咧咧“他妈的，明天还要去加班”然后睡着。他会嘀咕“钱啊钱……”——我觉得他把钱看得特别重，重到以为他念经济学念到走火入魔——什么事情都把它看成一项投资。而我真的特别讨厌这样的人，他最好的一个朋友，通过介绍认识了一个要求“年薪200万”的女孩子做女朋友，还高兴得很。我很好奇为什么有男人会这样对待金钱和爱情，我一直认为越是有钱的男人应该越讨厌拜金女。

他曾经说过，他这一辈子，一个人走到哪里都无所谓。那我呢？我不知道为什么他竟然忘记了我，并且说出这样令人费解的话。好吧，就算我没资格，那他家人呢？他爸爸妈妈都是大学老师，怎么会养了一个这么奇怪的儿子呢。

连岳，我的智商和大脑已经无法分析判断自己遇上了一个什么样的男朋友，我真的看不清楚，想不清楚，他或许觉得，以我这样的身份，在家乡能遇上比他条件（学历、赚钱能力）更优秀的几乎不可能，是的，但我更不愿意跟一个这样无法了解的人在一起。男人不是有钱，优秀，就可以吸引住所有女人的。

Julie

Julie：

你是喜欢听真话还是听假话?

如果选择假话，那么，他会放弃对 SM 的爱好，他会迅速跟你结婚并当一个买房的“傻 B”，他再也不嫌孩子烦，会跟你生下一堆可爱的宝宝，自然，他将会放弃欣赏日本爱情动作片的爱好，无论多累，回到家都会跟你嘿咻（只要你有欲），不仅这些，你以后发现他有什么你理解不了的奇怪想法，都会自动消失，你就像阳光，它们是冰霜；你是涂改液，你是删除键，你是思想警察，你是禁闭室，没什么你纠正不了的。

这样，你满意了吧?

我猜你并不会相信事情像我预料的一样进行。你并不想听假话。

你只是接受不了真相。这并不是你的病，是人普遍的毛病，几乎没人喜欢那些自己不愿意看到的真相。这才会屡屡出现有权力的人把说真话的人抓起来，至少通过各种胁迫手段让人不敢说真话，这样，真相就不存在了，饥荒中的人们就有肉糜可食了。

往轻里说，这是追求美的幼稚病，“脓肿之处，艳若桃花”，也就没了病；往重里说，这是没有人味，人是有缺陷的，这会延续到一个人死亡那刻；世界会有缺陷，这会延续到人类社会终结之时，没有完美的东西，只能接近完美，换个表述，那就是：只要我们承认自己是人，是身处由人组成的社会，那么，就应该接受有人表达不同意见，人和社会才能在各种不同声音中校正自己的位置，从而处于更安全的状态，才能远离“盲人骑瞎马，夜半临深池”的险境。所以文明社会多数人捍卫言论自由，就像不允许红绿灯失常，它是安全的保证。

也许你会说，你并不是执政者，不想考虑言论自由与多元社会，只想知道男朋友是怎么回事。

这是同一回事。好的社会是“存异”，好的爱情是“求同”，都建立在接受真相、喜爱真相的思维习惯上。

爱情自然不是找一个人来提意见，我们总会找一个与自己类似的人相爱，恋爱过程就是互相试探的过程，从点菜的口味到性爱的偏好，越契合越开心。不过你无论如何努力，也找不到与自己完全相同的人，比如，总是喜欢他比自己漂亮这种差异的。我们只不过是在找差异最小的那个人。差异绝不会消失，两人幸而结婚，新的差异还会不停显现，因为人的观念会调整，会变，如果变动不一致，差异加大到不同调和，那就是婚姻结束之日——不必害怕，这也是真相之一。

你列出男友与你的一连串差异。首先恭喜你，这是成功恋爱的收获：你知道了他是什么人；其次，你理解不了的东西不一定就是坏的，SM、丁克、日本 AV、不买房，这些都是一个人的正常选择，你接受不了这些差异，那么，爱情就无法继续，如果你因为他其他的好忍了，那么爱情就还有活路——不过还是得提醒，别以为你以后有多大的机会一一“纠正”他，他上述诸点差异一般终生不变的，尤其是日本 AV。

祝开心。

连岳

母亲之忌

连岳：

我和前男友是在一个婚姻交友网上认识的，我 25 岁，他 27 岁。

我们见了两次面后，他提出去他家，由于是在网上认识的，我多多少少还是有些顾忌，我说我们还不够了解，希望至少也得一个月后再考虑这个问题，可是他觉得一个月时间太长了，了解到他现在住的房子是买的不是租的，而且家里还有他妈妈在，他也带我去看了他的工作单位，我想他应该是真诚的，考虑到他再三邀请，我不想打击他的积极性，于是我去了他家。当然，去他家前，这一切我都向我妈妈请示过，她也同意了。

去他家后，他给我看以前的照片，当然，照片中有他前女友的，他并不回避，还向我诉说和前女友分手的原因，他和前女友是同班同学，恋爱 5 年了，他们都是性格内向的人，对对方很冷漠，谁也不关心谁，谁也不在乎对方关心自己，听到这里，我开始怀疑他们是如何相处的，但事实上就是这样过来了，或许他们有对方依赖的东西，应该就是性吧。本来相安无事准备毕业后结婚的，可是突然他的前女友和其他男生在一起了，原因居然是说他不够关心她，原来她不是不需要关心，只是一直没得到，所以就不奢望了，所以他对我说，他会慢慢改变自己，会学着对我体贴，当时我真的觉得好幸福。

一切都那么顺其自然，他妈妈对我也很好，我们交往了三个月，还一起去看了世博会，可是前段时间，他突然对我很冷漠，我找他说一句，他就回答一句，不找他，他就整天不理我，我提出他不够关心我，不理我，他却反问我说，为什么一定要他先找我，我有话也可以找他的。我感觉这个问题太幼稚了，两个人在一起不是一定谁先理谁，可是，他一次都不关心我是不是太过分了呢，后来，我感觉出他有点问题，于是找他谈了一次话，他这才向我提出三点：

一是我影响力不够，不能吸引到他；

二是他结婚后不想要孩子，而我是一定得要个孩子的，他觉得我太传统（其实就这一个分手条件就足以致命）；

第三，他现在偶尔还会去想前女友。

我突然有种被欺骗的感觉，这三个月里，我们有正常的性关系，既然我对他没有影响力，为什么还会和我在一起三个月，国庆节，我还带他见了我的家人，既然他还没有考虑清楚，为什么同意回去见我家人，我说他在玩弄感情，他始终不承认，说对我以前是真的，只是现在淡了，还说如果我们在一起，他不能保证以后会不会出轨，我自认为我也是个条件不错的人，作为家里的独生女，我有些任性，可是在他面前，我改了很多，家里面的人也说我突然像变了一个人，被他这样打击，我真的心理很不平衡。

这种事情我没有经验，本来想就这样算了，就当看清这个人，以后不再上当，可是我妈妈知道我们的事情后，觉得他用不要孩子的借口很荒唐，说他完全是在戏弄我，于是我妈找他谈了一次话，谈话内容大致就是说他不想要孩子可能是因为经济原因，而我们可以帮助他解决这个问题，完全不会让他有任何负担，另外说她的女儿是如何全心全意爱他的。可是他却坚持不要孩子，还说他对他自己的父母只有感激，没有感情，他自己也说自己是个自私的人，只考虑自己过好就行了。我和妈妈很心寒，第二天我妈给他发短信，说他严重伤害了我，也间接欺骗了我们一家，为了大家心理能得到平衡，叫他付一万元的精神人格损失费，并说如果觉得这样处理不恰当，叫他说个合理的办法。

他收到短信后给我打电话，说把短信已经保存好，随时报案，说什么后悔跟我在一起，说我们家势力很大，他的安全受到威胁，让他有回到旧社会的感觉，我看了妈妈发给他的短信，绝对没有要敲诈的意思，而且也有叫他说个合理办法的余地在里面，后来他又发短信给我，说他妈妈怕他儿子受到伤害，被我妈妈吓得差点住医院。天啦，没有任何敲诈语气的一条短信被他们说得好像我们是黑社会一样，奇怪的是他让我自己都很有犯罪感。最后他同意给我 3000 元钱，叫我出去旅游散心，他叫我放过他一家，他真诚地给我道歉。

钱我收到了，但是从收到钱那一刻，我心总是沉甸甸的，想到我们过去那三个月亲密的样子，而现在却如此敌对，虽然我知道分手后不会做朋友，但还不至于弄成这样的关系吧，想到我为他付出的真情，最后就用这 3000 块钱来做交换，我突然怀疑自己还是不是个好人，我不在乎他不爱我，但是我在乎他把我当成骗子，本来我还怀疑是他在骗我，现在反而倒过来我开始怀疑我自己了，真是讽刺。这几天我一直吃不下，睡不好，心里好烦，不知道你能否帮我解开心结！

一个怀疑自己的好人

一个怀疑自己的好人：

上一期也是男主人公不愿意生孩子，女主人公无法理解。看来丁克逐渐成为常态选择之一，虽然还有很多人理解不了。我不认为丁克好，也不认为它不好；就像无法说雨天好还是不好，全看个人喜好。我很喜欢人有这种选择，它和避孕、自愿堕胎一样，都是人自由度增加的体现，选择多了，人更快乐一些。

如果你不同意上面的观点，那也没关系，爱情不是辩论赛，也不是谁压倒谁（这话有点暧昧），只不过是找一个你爱的人爱你，找到为止。

人与人之间的区别，可以大过物种的区别，可以长达一光年，不要强求。

这样吧，我的解决方案是：听他的建议，拿这 3000 块钱，出去散散心。在散心的过程中，至少告诉自己，下次恋爱时问细一点，知道没有什么生活方式是必然的，比如一定生孩子。

或者更安全一点的是，求助你来信中出现过一万多次的“妈妈”，让她探路，让她断后，让她索赔，让她判断。无论世道多么难，妈妈总是能把女儿嫁出去的，万一她不成功，也不会怨你，是吧？

年龄到了，发情没有门槛，可爱情是有门槛的。

我觉得你们母女的腿太短，可能跨不进爱情这道门槛。

尤其是你母亲。她犯了三大忌：不该替孩子恋爱。道理就不多说，只有到了做爱可以替代时，恋爱才可以替代。顺便说一声，有此好的母亲们，我觉得应该检验得彻底一点，恋爱做爱一起替了。这样我就服了。

难道母亲审核和批准有错吗？不是为了孩子好吗？这样的父母，对成年的孩子无法放心，足以反证出教育能力与理解能力的低下，所以她只能将一切新鲜的事物和观点翻译成她能理解的版本：比如你男友的丁克只是“养不起”的代名词，有人施舍自然就会生了。别人否决了她的版本，那必然就是欺骗。也就是说，只有她掌握标准答案。这样代女出征的母亲，将会赶走所有尚存自尊和自信的男人。

更惨的是，她会制造且强化分手的失败感。分手从来都不是坏事情，谈不拢还要硬在一起，那才悲惨。恋爱没有谁欠谁，即使恋爱中有性爱发生，那也是双方的愉悦，或者说，也是恋爱的一部分，知道对方的性能力有无缺陷，双方能否合拍，是有益无害的事，因为分手了，所以这些要算成钱，你也感觉到了吧？这很奇怪，这钱拿得不好受。把自己标上价格，以此作为“心理平衡”，可能再也找不到比这更让人失衡的方法了（尤其是让人还了三折）。我总觉得，那种老派的想法：女性一到分手就觉得自己吃了亏，是标准的自我野鸡化。

替孩子恋爱、把孩子装进自己的旧壶、然后标价出售，这种母亲把孩子玩死的三大忌，除非你明确拒绝，否则它将以伟大母爱为名在你的恋爱中一再上演，直到你失去爱的认知与能力。

祝开心。

连岳

在一起

连岳：

你好！

躺在床上思索自己感情的事情，久久不能入眠。然后就起床给你写信，不知道能不能收到你的回信？想听听你的看法。如果你没回复，就当自己整理思绪了吧。

我和我男友是大学同学，大一下学期开始在一起，到现在五年多了。我现在在浙江读研三，他在广州工作，是 IT 程序员。当初我们恋爱，是我主动追他的。他不是个浪漫的人，总是理智得可怕，我不记得他有没有说过“我爱你”，他没给我写过信，不喜欢发短信，我的骨子里还是有些浪漫细胞的，经常也会给他发些细腻的短信，刚开始在一起那一段时间还天天写日记记载我们的感情。我们恋爱的时候，我应该算是比较积极的，经常替他洗衣服，一起上课时帮他带早餐，我认为这都是我表达爱的方式。

我们有过很多开心的日子。大概是因为我

总是害怕起冲突，又或许我不太会表达自己的需求，我有些时候会觉得感受不太到他对我的在乎，我有时候也会闹脾气，但事后又反省自己是不是太无理取闹，要求太多？其实我真的挺喜欢他的，他有一些小幽默和可爱，又稳重踏实独立，和他一起，我觉得他是值得我信任的。

怎么说呢，我好像感觉不到他对我的那种爱和欣赏，现在想想，难道是因为当初我追他，我对他好，而且他对我也稍微有些感觉，我们才会在一起的吗？或许他对我谈不上是男女之爱吗？但也没见他喜欢哪个女生，我是他的初恋。而我初中和高中都有恋爱过。以前在大学里，两个人再怎么样也会每天见面，一起吃饭，一起逛逛超市，一起散步。他很喜欢踢球，一到夏天我总是要等他到晚上七八点一起吃饭，现在想想挺蠢的。

现在异地，我就更感觉不到自己是个有男友的人了，QQ 常聊，电话也常打，但都没有深交，上学期世界杯的时候，我被彻底冷落，觉得我们俩没有什么交流和沟通了，跟他提出来过，还隔空吵架了。最后又是我反省自己，好像是我自己的生活不够充实，才会对他不满。我也不知道他到底是不会表达自己，还是怎么回事。很少感受到他在乎我，现在我把这些字打出来，却也不觉得心痛，是因为我不在乎他了吗？

读研以后，我在网上给他买过茶叶、剃须刀、护肤品等，前不久开始变冷还给他买了棉被，他在外地出差过生日，我在网上订了蛋糕送到酒店给他惊喜，我还在博客写了“关于你的一百条”。这些也都是我心甘情愿做的，这是我表达爱的方式。但我很少感受到他对我表达的爱，我有时候想要找他谈一下我们的事情，他总是打马虎眼。

他在外地出差时也给我寄过特产，都还是我要求的，总之没有感受到过很多什么惊喜。每次寒暑假我都会到广州，和他一起，尽管每次坐硬座都坐到我想吐……在花钱上，他并不小气，我们一起逛街他都会主动买单，尽管我看中的衣服他都说很丑，但也不会勉强我买他喜欢的，只是他很少主动给我买什么……我每次闹情绪的时候，我都会反省自己，是因为我也没想过要他为我改变太多。渐渐地，我不怎么想他了，从广州回学校的时候，也不再那么依依不舍了。

现在我要开始找工作了，原来是打定主意一定去广州与他汇合，也不一定是说为了他去广州，我也挺喜欢那里的，我喜欢听粤语。但是如果我和他分手了，我找工作的地方就不限了。我只是想知道，我还爱他吗？他还爱我吗？是我要求太多了吗？我每次跟他说我们交流得太少的时候，他的回答总是：“你到底要怎样呢？要我时刻跟你保持联系吗？”

想

想：

在国内的小环境里，广州是座好城市啊，美食多，市民社会的形态又很丰满，当地报纸甚至还有胆骂政府，去香港也很方便。我在那里呆过两年，至今认为那里的生态很特别，值得体验，去那里工作（长久或暂时）不会有损失的，也就是说因为男朋友的原因去那里，不会减少人生的机遇，在没有分手的前提下，去广州是个明智的选择。

去广州后也有分手的可能，但又怎样呢，你也许喜欢那里了，你也许找到了职业上的突破，你甚至喜欢上了另一个人。

爱情，需要在一起。

世道艰难，确实看到许多人无法在一起，时时得忍受分离之苦，就算身处同一座城市，有人见面也很辛苦。但一定得记住，这种人再多，也不是应有之态，怨偶再多，也是怨，不是爱。苦难逼迫人，苦难也会养成一个人的人格，使之习惯苦难，最后爱上苦难。许多人现在仍然以谈钱为耻，以为穷人必然品格高尚，这是被物质贫穷养成的思维方式，它只会让人更穷；许多人仍然以为只有自己是洞悉一切的清醒者，其他人多数是需要管制的笨蛋，从说话到行为方式，只要让他人自由一点，必然天下大乱，这是思维贫穷的受害者。

爱情作为建立在性本能基础上的精致的关系，它更容易受“贫穷爱情”的伤害。什么是爱情中的贫穷？就是把爱情中的非常态视为当然，并以此来伤害爱情。最简单的原则“爱情必须两人在一起”可能很多人也忘了坚持。一个为了理想、财富、成功（以及其他诸多美好名词）在外游走奋斗的人，你见不着他，值不值得跟他恋爱呢？不值得，这样的爱情不如自慰时想着某个明星——他反正什么都有了。

更要小心那些以情趣为包装的爱情标准动作，那是一种新的贫穷。记得在大卫·莱特曼（David Letterman）的脱口秀中看到一位漂亮的模特自嘲地讲述自己在爱情中犯的错误，她的丈夫是某某大公司的CEO，忙得忘了自己的生日，那天晚上疲惫归家后，只想洗澡睡觉，而她在离家几十分钟路程的地方准备了一个“surprise”，因此要硬拽着他重新出门，又不能明说，结果搞得丈夫在自己的生日痛苦不堪，来了个另类surprise。她说，后来才想到，困的时候美美的一觉比大蛋糕重要多了。

爱不要搞形式主义，而这种形式主义正在泛滥，侵蚀人正常的思维，爱要超越这种形态，找到两个人喜欢的语言。这也是相爱的人必然常在一起的原因，这样你才知道对方的表达和感受，知道他的爱与憎，有了自己的字典和语法以后，爱情会很长久。爱情的破灭，沟通不畅十占九。恋爱中的人，最好少抱怨对方不按自己的形式来，你爱的是人，不是形式，大家谈恋爱的方式都相同，都写“关于你的一百条”，那才是爱情的悲剧。

在一起，用你们自己的方式生活。

祝开心。

连岳

2010 年 11 月 16 日

那些源于内心的恶

连岳同学：

你好，我想如果作为生活的孩子，我们都一样是学生吧，对吗？但不同的是你应该是尖子生哈哈。废话不多说啦，赶紧切入我的正题。

我和我的发小，从小她外形就比我抢眼不少，我一直活在她的背影和强势之下，加上先天性格的原因，造成了今天这样懦弱的我，从小到大几乎没和别人红过脸，可以想象吗？我总是能迁就任何人，大家也都喜欢开朗随和的我。但是我仿佛和谁都不是真正特别亲近，因为我好像整颗心都用来崇拜和嫉妒我的发小了吧，我的心理都畸形了。读大学分隔两地后，我的情况好了一些，也交了几个真正能互相温暖的朋友。

我朋友都对我在发小面前表现出的懦弱深感不可思议和怒我不争，可我就是一见到她就没了自尊心。大家只是骂我太自卑太没用，但从来没人说过“嫉妒”这个字眼，可能是他们都看出来我的这份情绪太深，所以反而更不能直接说出来。

不得不承认，这种女人之间的嫉妒始终还是要和男人挂上钩，才能茁壮成长成现在这个样子。

发小的男朋友，简称 F，也是我从小就认识的好朋友，我们的家长也是朋友。他的家世比较显赫。我们三人小时候同学，当年 F 非常沉迷于发小的美貌，简直是他心中的女神，但由于出国就不了了之了。过了五六年他们又联系上就在一起了，异国恋了 4 年，之间几度要断了又坚持下来，现在 F 终于回国了。

其实我也说不太清对 F 的感觉，平时基本算是没有感觉吧。但不知为什么，他和我之间的联络总是能让我雀跃，他的确是一个各方面都很不错的男生。如今发小的父母因为她的这段感情，连工作都辞了，就等着发小和 F 结婚。发小也放弃了自己专业的工作，当个小职员耗着，算是等结婚就辞职的那种。非常无耻地说下，我现在身边的朋友见过发小，都觉得她现在的外貌气质和为人，完全不值得我自卑，而我如今也变得比较能见人了，打扮一下甚至可能还有点赶超她的意思。每次和 F 他们聚会，我都会认真地收拾一下自己，虽然会被发小当场奚落，但每一次都会收获 F 连连的称赞。我经常想，现在我变漂亮了，F 会不会发觉其实我也还不错呢？（太无耻了！）

连同学，你说我的嫉妒心有没有病入膏肓？

别的女生会像我这样吗？虽然发小自己都承认自己好吃懒做又贪慕虚荣，但我这样嫉妒她，和她又有什么两样呢？我真的很难过，我很气自己心胸还是这么狭窄！我以为自己幸运地上了还不错的大学，努力地让自己内外兼修，发自心底真诚地对待别人，就能赶走发小给我留下的阴影。可努力还是赶不上命运这件事让我很绝望，可能我硬要用自己的努力去和别人的命运较劲本身就是很白痴的事。好几次看到发小公开晒命运的行径，我都在内心祈祷：老天快开眼吧！

看来嫉妒这把刀没插在别人身上，插在我自己心里了，血流不止啊。相当虔诚地等待您的救援！

Tina

Tina：

你有可能搞到 F。只不过这可能性很低，低到几乎搞不到 F。

什么是一个人的理智？往往体现在不去试不可能的事情。或者即使做了，也不对不可能之事抱太大的幻想。偶尔买张彩票怡情可以，但变卖身家押一组号码，就非理智了。这种押的人有没可能赢呢？当然有，不过输的可能性更确定。

做那些有把握的事，用自己的理智做判断，更多地学习与尊重常识。我一直认为这是得到爱情的基础。有个误解是，常识很容易得到，不就像地心引力一样，谁会否认呢？那我试着告诉你一条你可能不知道的常识：人在做判断的时候，会倾向只考虑有利于自己的信息，从而陷入盲目乐观，若没人摇醒，就有可能进入纯粹的幻觉，完全脱离现实。比如你现在的感觉“F 会不会发觉其实我也还不错呢？”可惜的是，你身边的人纵容你的幻觉，让你觉得外貌气质似能一搏。发小比你漂亮（因为你精心打扮才有超越的意思），他们双方又长情，双方家长已有默契，仅凭 F 对你的几句称赞——男人赞女人漂亮和瘦，是应有的礼貌嘛——这种嫉妒攻击战，是赢不了的。

嫉妒这种情绪，适度存在，对人并无坏处，它扮演的是进攻角色，最好的舒缓，往往就是超越受嫉妒者，这或能逼出一个人的潜能，也许过几年、十几年，再一比较，对方完全不值得羡慕了，或者至少在某一方面胜出。不幸永远都全方位地输，那自己的嫉妒心可能也会累死吧。

嫉妒过了量，天天设想对方的死法，那么精力就全浪费了，小人扎得再狠，她也死不了。这种存在是在扩大差距，自损功力。可有人会说，嫉妒容易控制就不是嫉妒了，一定会泛滥，见到她就起杀心。这简单，戒毒就得远离毒品，减肥身边就别放太多食物，就像你大学生活一样，分隔两地，扩展自己的正常生活。

人都有弱点，甚至有非常阴暗的心理，我倾向于认为，一个人若能尽情放纵，于公于私，都会成为暴君，入朝则欺负民众，回家就欺负妻小，人性之恶，无时无刻不需要制约。男女平权了，温柔说理的男人才会多起来；民众大声了，跋扈的官员才会收敛。我听过一个家暴的故事，一个男人习惯殴打老婆儿子，有一天，儿子忽然开始反抗，与父亲对打三天，不分胜负，这个男人从此只骂儿子，专心打老婆了——这仍然很悲惨，不过说明一个道理：只有反制力量，才能使恶克制。

恶并不都是外来的，更多源于我们的内心。人的成长，我觉得是更多地认识自身之恶的过程，外来之恶，我们会痛、会有反应、可以逃避；内生之恶，我们反而呵护它、怜惜它、甘心终老于它的囚笼。最后，甚至会把它神圣化，怨毒化身为正义，睚眦必报幻化成嫉恶如仇，人人看得出你在嫉妒他人而只有你不自知，到了那个阶段，就再也不会有爱了，因为他人无法爱上你了。

与你的发小和她的 F 保持足够的距离，劝自己平静下来。先走这步。

祝开心。

连岳

2010 年 11 月 23 日

爱的契约

连岳：

你好！想来想去，觉得你写的东西就像我牙痛时的甲硝唑，嗯，希望你喜欢我打的这个比方。

我第一次不知道该怎么办，人生仿佛停在了一个没有路牌的地方。我在杭州读书，毕业后一年由于公司的工作调动来到上海，我的长相、家教、工作都还可以（当然，来到上海这个大都市后马上觉得奋斗的动力更大了），在上海有一套小公寓，家里付的首付，我自己月供。我在大学期间有一个男朋友，这位前男友我们称他为 P 吧，他在学校追我时在上海是有女友的，只是当时我傻乎乎地不知道，我下定决心和他在一起了，他才和那个女生分手，这位女友显然要死要活的，接着做出了一系列其实可以抓进派出所的事情，给我的生活造成了极大的困扰。其间我是马上提出分手的，后来经过一系列乱七八糟我不愿回想的事情，这场风波终于平息，我名正言顺地成为了 P 的女友，这时我们都很坦诚地说，毕业后，我是要留在杭州，他是要回上海的，如果不出意外，不会改变，就是说，毕业即分手是我们在一起的前提。接下来磕磕绊绊地谈了两年多（说磕磕绊绊是因为我第一次谈恋爱，脾气不好，经常无理取闹）。

临近毕业时，我忙着毕业论文和实习，他突然提出分手，理由是他过年回上海开同学会的时候喜欢上了一个小学同学，我当时很伤心，真的是难过得要死，但现实生活中的忙乱根本不允许我有一丝一毫的分心，而且，我想既然他已经决定了，我还要说什么呢？挽留？把他抢回来？我没有信心，没有觉得有任何希望，也实在是没那个时间和精力，所以我说，好吧，祝你幸福。

过了两个月，毕业前夕我去上海看陈奕迅的演唱会，我们时隔两个多月第一次见面，吃饭的时候他突然说："我忘不了你。"我当时很震惊，想了想，说，好吧，我们保持联系吧。是的，我们没有再在一起，我也不知道为什么，毕业后，和之前说好的一样，我在杭州他回上海，这两年时间里，我们一两个月见一次面，见面时像恋人一样，平常经常电话，我们会做爱也有甜言蜜语，我们身边都没有其他人，但我们谁都不会提起确定关系这件事。今年 3 月，我过生日，他和以前一样送大牌的包包给我，我也和以前一样收得心安理得，但我觉得有些什么不同了，上个月，我正洗澡的时候他在浴室外问我：没有未来的恋爱你会谈吗？我说怎么了？原来他喜欢上他的一个同事，双方互有好感，但办公室恋情是不被允许的。我问了问具体情况，跟他说如果真的觉得值得，地下情是行得通的好办法。他拉开浴室的门，看着我说：我也不知道为什么要和你讲这些……我说：没什么不能说的，只是以后我们可能不能再这样相处了，我先前被你骗做了一次小三，这次总不能再犯同一个错误吧？后来我一边泡澡一边跟他讲现在也有追我的男生，只是我好像不是很想谈恋爱，我不知道什么样的人适合我。后来我们聊了很多，他是个自恋的家伙，一直问我，你为什么那么爱我？我说：P 先生，你真的不知道现如今你这样有车有房无贷款月入过万未娶妻生子且性取向正常的男生很珍稀了吗？可惜你爱的不是我而已。

我发现悲哀得很，我不是在逃避，而是我失去了看到美好未来的能力，面对恋爱这些感情颇占了些分量的东西，我脑海里浮现出的只有谎言、欺骗、背叛和不忠诚。这两年我和 P 的关系是我能找到的最舒服的方式，有爱，有物质，但不用承诺，我不给出承诺，也不想听到别人的承诺。

现在，我要正视自己的心态了，我也有自己关于婚姻的向往，只是我固执地认为那真的只是个向往，要实现就太难了。我有自己的理想国，但那就像是女生的内衣，很漂亮很舒服也很昂贵，我没办法展示给大家，甚至连偶尔露一下也会觉得难为情。连岳，我要问的问题很模糊，是的，连我自己都觉得很模糊，你觉得忠诚是在指什么？对自己忠诚，对伴侣忠诚，还是对感情忠诚？又或者它们本来就是没法区分的？我是该调整好自己的灰暗心态再开始健康的恋爱，还是在恋爱中做回一个色调明快的人？

小 P

小 P:

来个信中信，先回一封极简单的邮件，有个姑娘问：“我和男友分手了，原因很多，是不可能复合的。但是，我留恋他的身体，如果我只和他保持性关系，可以吗？这样做对我好吗？当然，我还没问过他的意见，我想他应该没啥意见（免费的性还会拒绝吗），呵呵。我是很重视性生活的，他是我第一个男友，他在床上很棒，你说我该怎么办？用意念克服生理欲望吗？”

用意念克服生理欲望，基本上是没戏的事情，所以只为性而维持的关系是可以的，前提是他也同意——这点不要太想当然，认为男生一定会从，因为许多人无法做到断然分割，性的唤起后又顺便叫醒了心，却毫无前途，烦恼丛生，这性也就并非免费，不过是用心币支付，所以未必会喜欢。

这能回到你的问题：忠诚是什么？

我们往往在极狭窄的意思上理解忠诚：两人有爱有性、结婚生子、白头到老，中间没有波折，或者既抵抗了诱惑，又战胜了苦难。不可否认，这是忠诚的一种，但它不是忠诚的所有形式，甚至因其形态过于完美，在现实中实现的概率很低，人被衬成是种无法忠诚的动物，从而加剧失望，你最后加速认同爱情虚无主义，同时养了只狗。

我更愿意用“契约意识”来替换含义不清晰的“忠诚”，

有契约意识体现为尊重两个人的约定，做得不足不行，给得过多往往也不对。

在契约之下的男女关系，就相当多了：也许是柏拉图之约，只有精神恋爱，身体却不涉及，再次提醒别认为免费的性一定有人要；也许是反柏拉图的炮友之约，谁走到上半身谁违规；也许是超越排他性的多人共生之约，感情关系并不是封闭的圆，而是开有豁口；也许是心灵排他之约，只有身体可以偶尔逃逸；也许是削繁就简之约，双方放弃所有婚姻的固定形式，免除了种种仪式及对双方家庭的义务（你不必在丈母娘面前表孝心，她也不必理会婆婆的脸色）；有允许性爱中的折磨之约（S/M）；有丁克之约；有非生个儿子之约（比如所谓的豪门，需要一颗幸运的受精卵来继承家业）……

男女关系的要件很多，排列组合所得的结果，可能远远多于上述的随意列举，我们往往只能选择其一，因为许多关系模式是不兼容的，甚至是相反的，但只要是成年人在自主意识下达成的契约（它绝大多数情况下不会形成文字，只是默契），都可以存在，而且都有爱。

正如我们不可能履行所有的合同，只会承认那些我们签字画押的；我们也无法忠诚于所有的男女关系，只能忠诚于我们现在承认且接受的。知道这点，不安和痛苦就会消除大半，比如你和前男友现在的关系，就是双友关系，炮友加朋友，无话不谈，各自寻找自己真正喜欢的人，忠诚于这个界限，有人谈心，有人解决性饥渴，偶尔有大牌包包收，那刚刚好。想得多了，希望还有爱，那就是对这种关系的背约（即非忠诚），无非两种后果：一是说服他接受新的合约；二是新约立不成的痛苦。你现在属于第二种。

有人问我影响中国未来的乐观因素有什么，我的答案之一就有商业文明逐渐培养的契约意识，它让自己和他人的边界清晰，将人从模糊地带释放出来，人不要在雾里摸索，跌倒撞墙的无谓痛苦就少，社会就清爽干净；当然，这种契约意识也将带来爱情的多元和温暖，减少不必要的哀愁，当你不爽时，想一想，是我要得太多，还是他未履约？多想几次会发现，往往烦恼的原因是前者。

祝开心。

连岳

2010年11月30日

我有蛇的华服

连岳：

你好。一直看你的专栏，但没想到有一天我也会给你写信，因为我一直觉得自己过得还不错。

简单描述一下我，三十多岁，孩子还小，我和老公工作稳定，生活幸福，我们彼此感情不错，有共同语言，性生活也很和谐。我脾气不太好，老公比较容忍我。平日也没什么矛盾，就拿装修房子这样的事情，听说有的夫妻意见不统一，经常争论吵架，而我俩却从未为此吵过，因为意见惊人地一致。

昨天晚上，老公说他有个工作要赶，叫我先睡。我们平时睡得就晚，我听了会音乐，1 点多了。到书房去看老公弄完没，叫他睡觉。谁知道一打开门，他赶紧把我推向门外，不让我看电脑。我知道有猫腻，拼了力也要看，最后还是老公力气大，把电脑关了。

我大吵起来，问他是不是在电脑上跟人暧昧，不然为何死活不让我看电脑，他反复解释，我当然不信，连岳，没有鬼的话，怎么会不让我看电脑？

我不闹了，自己跑到床上默默流泪，他到底在干什么？肯定跟女人有关！

后来，他回到卧室，用极其艰难的语气向我坦白，为了一边工作一边调剂，他还上着黄色网站。但这个黄色网站需要看的人写黄色文章，才能进入到更高级别。所以他就开始写自己在大学及工作后的情史。而且要写黄色细节，所以他不能让我看，怕我受刺激。

我知道他平时看一些黄色电影，男人嘛，我也没太在意。但这次竟然为了看黄色网站，写黄色小说，这就有点变态加病态了吧？而且他说出了隐瞒我的一些情史，原来他和别的女人恋爱的时候上过床，我看他说话的语气对那个女人好像挺难忘，还有遗憾，以前他可是跟我说谈恋爱的时候他什么都不懂。

我觉得很恶心，虽然那是以前的事情。这是一方面。还有另一方面，我最不能忍受的，一个有着正常性生活的已婚男人，为了看黄色网站，竟然要写黄色小说，这就不太正常了吧？是不是病态加变态呢？

他竟然还说男人都这样。我觉得偶尔调剂下倒无所谓，但竟然到达这种程度，就有心理问题了。

还有他是否对那个女人还没有忘情呢？为什么用那种语气说话！不知道后来他们还有联系没？

连岳，我该怎么做呢？哎，这就是我自以为幸福的婚姻生活。“生命是一袭华美的袍，爬满了虱子”。

只能爱自己

只能爱自己:

色情是人类社会最早出现的艺术形式之一。许多岩画就是色情作品，想想看早年的人类，可能也就只会用简陋的语言沟通，住在岩洞里，有一顿没一顿，公共场所却有春宫图，也不必打马赛克，我不懂是他们更文明，还是我们更文明。这不是暗示有关人员赶快去铲了这些岩画，而是说色情是人类最本色的感情，无论怎么压制，它总会存在的。

我记得在20世纪80年代初，在大人的书橱里发现了著名的手抄本《曼娜回忆录》，我迅速看了一遍，偷偷放回原处，觉得那些文字很奇特。几天后，中学开全校大会，其中重要的部分，就是批判这部著名的作品，老师声称，犯罪的人，基本上都看过这作品，谁如果敢看，人生就完蛋了。作为已是读者的我，心里吓得不轻，回家后在书橱里找到那手抄本，放一把火烧了——全然没注意到这是侵犯他人的财产权——热焰中的灰烬像一群飞翔的黑蝴蝶。后来，有位青年焦急地在书橱里寻找，找不到，可又不敢问，我故作镇静地在一旁写作业。这就是事件的结局。一直到今天，我都觉得这是人生比较逊的一件事，一被吓，就否认自己，就做糊涂事。

后来听说手抄本的作者被枪毙了。那些粗糙的文字现在求人看也未必有人愿意，想不到却带来了杀身之祸，但愿他的魂魄汲取教训，千万投胎到一个真实一点的国度。希望他的文字水准也高一些，色情文学，由于可用要件极少（又不得不每次都出现，否则就不是色情），拘束极大，创新很难。这是高难度的创造，能写好的人至少还有想象力——这对夫妻性爱也是有好处的。几十年的漫长婚姻，没有想象力挺可怕的。

我的态度在上面的叙述中，很显然了：写黄色小说，不属于病态和变态。就算从你自身逻辑来看，也应得出这结论：你认为看黄色电影正常，写黄色小说你却视为不正常；可没有剧本，怎么拍电影呢？黄色电影正常，黄色小说自然也正常，写黄色小说也无不可。这和有人偷偷写小说拼诺贝尔文学奖，性质相同，都是让幻想安慰自己，不同的是，你丈夫的写作更真诚一些，回归到了写作真正的原点：释放自己，直面自己，不虚伪，不造作。

我们身处的社会是有两重标准的：一是虚伪造作的标准，假装很美好，事事都引申出了宏大而深刻的主题，以这种标准写文章，可以得各种奖项，可以上新闻，这正如你描述的，它是一群虱子的华服；而另一层真实的标准是我们知道男人怎么样，女人怎么样，人是怎么样的，也许有人不喜欢，也许有人害怕，可它是一条蛇的华服，是美丽的存在，不涉及对错，是蛇的常态，不是变态和病态，把这皮剥了，蛇就死了。

没必要害怕真实的人性，应该怕的是不敢面对真实的人性，这才是某种程度的变态和病态，以至于你过着正常的生活却陷入恐惧，不过我知道，这责任不在你，也不在于我太迟写这篇文章，那是谁的责任呢？我只能假装不知道了……

祝开心。

连岳

那些活在虚构中的人

亲爱的连岳：

我爱你！

买了你的三本书，反反复复看。在我没有恋爱之前。在我恋爱了以后。

我是一个普通的女大学生。

我的第一段恋爱很不负责任，我在圣诞节的时候喜欢上了他，A 同学。后来第一次出去游玩，才发现他是那么小气。吃饭 AA，连去超市我拿了瓶水，他竟然在柜台面前对我说：这个你付。无语……然后我发现他有受虐症，总是动不动臆想自己是受伤很深的小男生（虽然他长得很高大），也许他觉得自己需要女生来保护吧，反正我很讨厌这类娘的类型，恨自己当初为什么那么喜欢他。呵呵呵，交往了不到 10 天，我就果断说了分手。

我的第二段恋情，B 同学。开始于第一段的一个月后。我喜欢成熟的男人，他应该算是吧，年轻但是思想成熟，遇见他的时候，他就快毕业了。

年轻有为，胸怀大志，自严自律，对于我就是一个兄长，我喜欢这种被宠爱的感觉。我们交往了一年多，我爱他。很爱很爱。可是我感到不开心的是，他写了许多许多的美丽文字，当然不是给我的，有些是纪念他的前任女友的（他只有一个前任女友），有些是写给他以前爱过或者彼此都互相有好感但是没有说破的。

我想啊，那我们刚刚开始交往，感情基础不深，你写写就算了吧。可是我逐渐发现，他在最近，还在写。很深情，很美丽动人。我看了都要热泪盈眶呢～

说是以后老了各自有了孙子外孙了，可以向孙子外孙们炫耀这是爷爷的初恋，你们想听听吗？

让我情何以堪？

呵呵呵，你知道么连岳，我的理想就是：毕业了，凭着自身的努力，做一个都市的高级白领。自己买得起任何喜欢的东西，或者不至于为了买一件小小的奢侈品要节约吃泡面好长时间。不需要依靠男人的钱过活。或者，如果可以的话，有一个爱人，就像两个小小的刺猬，浑身的刺随时警惕，防止外来的侵略，留出小小的嘴来接吻。

我们彼此平等，我有决定生不生孩子的权利，买不买奢侈品的权利，爱不爱你的权利。不是靠一个男人或者他的家庭所能用压力给屈服的。

我一直觉得我内心深处很自卑，但是我却不清楚原因。我缺少安全感。

说白了，我的烦恼就是：我既要自由，又要束缚。

我要甜蜜的枷锁，我要他只爱我一个人。至少，在写这种美丽文字的时候，能上个密码或者锁。眼不见为净。

我要身心的自由，任性的旅游，或者在他的住所，想来就来，想走就走。不做他的管家婆或者是保姆兼佣人。

连岳，你说我是不是自私？或者我只是，害怕一些什么？

我多么希望，在大吵一架之后，我能轻松地说句：慢走不送。虽然我很爱很爱很爱他。

但是，我憎恨内心的软弱。

天气越来越冷了，我的心也是。

至少这个 Chrismas Day 和你文字的陪伴还是会让我感到很幸福。

祝开心。

上海“作”小妞

上海“作”小妞：

美国普林斯顿大学原来有个副校长，叫珍妮特·迪克森（Janet Dickson），现在退休了。

她认为教育的一个重要内容就是让学生在充分接触各类观点后发现自己的“激情”所在，顺着这个激情建立自己的努力方向。

她曾问她一个读大学的女儿：你最喜欢做什么？女儿的回答是：看电视肥皂剧。——这真是一个诚实的女儿。

珍妮特·迪克森并不讳言听到这话后一瞬间的失望：让你读大学，你的目标却如此之低……可毕竟是个教育家，马上意识到应该尊重女儿的真实感受，所以围绕着“肥皂剧”这个女儿的激情所在替她规划未来：你可以尝试进入电视领域，或准备毕业后去好莱坞寻找工作机会。

她的女儿后来如愿成为真人秀节目的电视制造人。

上面这段对话，不仅是教育的典范，爱情中也应如此。

首先：说的人诚实，听的人尊重他人的诚实表述。我们心中都有一套高低贵贱的标准，有形无形地存在，当听到别人以高为低，以贵为贱时，难免震撼一下，这震撼就是谈话的收获，当它留在自己心里，作为一个新的判断参照，或可据此调整自己的行为时，这谈话很完美。

如果震撼之后，强势的一方勃然大怒，试图去纠正别人坚持的观点，使其符合自己的“高贵”标准，那谈话就走向失败了。如是几次，被纠正的人不想惹麻烦，就会选择说假话，假话说得多了，往往会忘了自己的真实立足点，也不知自己的激情所在。遗憾的是，我们的教育，我们的爱情，更喜欢这种“勃然大怒”，害怕许多诚实的呈现。

这个专栏的目的之一，就是让各种爱的形态呈现，加上匿名邮件的保护，呈现趋向于诚实，这让人知道，爱的形态是多样的，每个人的激情都是不同的，而世上，并无爱的标准答案，我们不必因为自己与他人不同而惭愧，找到与他人的不同，反而才是找到自己的过程。

回到你男友在用文字虚构爱情，而忽视你这个活人。他是一个生活在虚构中的人。

他并不孤单，有一类人这么生存，不要和他们当朋友、当恋人，远离他们。

这类人有点文字感，对流行的小情趣也很敏感，在博客里、在日记里、在微博上，他们变成了一个与现实中完全不同的人，他们用文字虚构了一个自己，用这个“虚拟我”去恋爱。真实的自己，连他们自己都不愿意接受，那作为旁人，又何必爱他们呢，即使想爱，你也爱不了。

据说为了在高考作文中煽情，很多同学的妈妈都得了癌症。文字是用来说假话的，这不仅是观念，甚至是强大的事实，生活在这种气氛里，我们某种程度上都是受害者，以至于忘记文字是用来说真话的，在写下自己的想法时，你置身于一个纯粹的个人空间，能更好地观察自己，记录真实的想法，这才是文字的本义。

至少让我们在爱情中诚实一点，顺着我们诚实呈现的激情走，爱虚构的人，就让他跟虚构玩吧，不要打扰他发梦。

祝开心。

连岳

2010年12月14日

被动的肉沙袋

连岳：

你好。目前的我无比纠结与痛苦，万分希望得到你的建议，虽然得到你的回复好像比中彩票还难……

我快 25 岁了，一年前认识了他，然后开始我的初恋。是的，23 岁才开始人生的初恋，有点晚，不过后悔也来不及了。

初恋除了甜蜜，更多的是苦涩。回想这一年多来，已经数不清我们吵了多少次架了。

刚开始两三个月，我和他比较甜蜜，如胶似漆，我俩都是真心的；但后来，我俩总是为了一点鸡毛蒜皮的小事，开始闹别扭，冷战，一开始他会让着我哄着我；可再后来，吵架升级，愈演愈烈，什么伤人的话绝情的话都说了，几乎三天一小吵，五天一大吵，彼此说分手说了无数次，但分分合合没断掉。不过他几乎没有在说分手后主动找我和好，都是我放下面子去找他，不过他都会心软然后与我和好如初，虽然没过几天，又会大吵一架。

他总说我们性格不合，他有点大男子主义，喜欢乖巧听话的女孩子；他说我比较强势，适合小男人。可我一点不喜欢小男人，我也不强势，我任性闹情绪是觉得他不够在乎不够体贴。

我和他真的是冰火两重天，前一秒如胶似漆，后一秒就风云突变。

上个月我们又再次吵架，而且，他打了我，两次。

第一次，我们互相扭打。

第二次，我没怎么还手，我当时有点傻了，懵了，一动不动，就想看他到底能对我怎么样。

他当时杀了我的心都有了，他说他吵架吵得不想活了，失眠好几个月了，他想和我同归于尽。

我和他半个月没联系了。可我知道，只要我愿意，他仍然愿意和我从朋友做起，然后朝情侣方向发展。

连岳，以前再怎么吵再怎么闹，再怎么说些绝情的话，我不得不承认自己还是心存幻想，幻想我和他之间还有希望一起走下去。

可是现在，他打了我，我真的心寒了，每当想到这点，每当想起自己身上的瘀青，我就无论如何也说服不了自己和他继续下去，说服不了。

但，可笑的是，我竟然还在试图说服自己去接受他，试图为他打人找开脱的理由，比如他当时失去了理智，比如他得了抑郁症，比如打完后他后悔了，说以后再也不会打了；我甚至想，父母生气时也会打孩子，何况一个被吵架逼疯的男人呢？

连岳，你怎么看待男人打女人？我百度了一下，几乎所有人的观点是，只要男人动手了，不管什么情况，他就是一个人渣，就是人品问题，就是不值得原谅。

原谅我，连岳，我觉得自己太没出息了，我恨自己这么拿不起放不下，恨自己为什么无法痛快了断，无法真正下决心和他说永别。

我这辈子没经历过分手，我有时甚至会崇拜那些经历了无数次分分合合的人们，心想他们真了不起。

我知道我还是个孩子不太成熟，我也知道我这次放不下，以后永远拿不起别的。道理我都懂，只是真的好痛苦。

我有时会想，如果这时，出现一个我，我是不是会立马投入他的怀抱，把伤痛抛诸脑后？也许吧，难道我舍不得的不是他，而是被宠爱的感觉？难道我害怕的不是失去他，而是一个人的寂寞孤独？也许吧，自己交际面有限，也不是太年轻了，我怕找不到更好的了。

我不知道，但我此时特别希望有一个人，把

我从这泥潭中拯救出来；我特别希望重新爱上一个新人，让我忘却旧人。

连岳，真诚希望在某一期的“壹周”上看到你的回复，谢谢！

祝开心。

纠结的人生

纠结的人生：

有个禅宗故事挺流行的：有人去见大师，大师提起茶壶往杯里倒茶，杯满了，他却继续倒，这人着急提醒：杯子满了，装不下了！大师于是说：你的杯子还满着，我怎么能教你呢？

这个故事现在当然人人知道，用来教导人“旧的不去，新的不来”“只有虚怀若谷才能有所收获”之类的道理。它还尤其适用于你目前的状态，你的心里全是打你的男人，怎么去爱那些不打人的男人呢？

这个故事尚未进入大众流通领域前，我的一个朋友去也去见一位大师，一坐下来，大师一言不发，提起茶壶就往他杯里倒茶——不幸的是，我的朋友了解这个禅宗故事，知道剧情，茶杯满了后，他并不着急发声，这点出乎大师预料，一时不知如何是好，只好继续倒茶，我朋友继续默不出声，于是茶水流得到处都是。

这个新故事的主题思想是，讲道理，要找到自己的叙事方法，也就是说，你总得有点努力，有点原创精神，才可能说出自己的话。

能让人幸福的道理，其实并不多，也很平实，绝大多数人的智力和能力足以应对，它们会像著名的公案一样，人人皆知，问题是如何让它变成自己的，如果只是偷懒，什么都等别人做，那么，“一地茶水”的悲剧就会上演。

有个常识是打人不好，被打更不妙——这点不用搜索也知道，看看你自己身上的淤青就知道了——紧接着的另一个常识是，开始被打觉得不妙，被打得多了，就不会觉得多不妙。

你查到的这个结论：“只要男人动手（打女人）了，不管什么情况，他就是一个人渣，就是人品问题，就是不值得原谅。”当然我不认为它绝对准确，随手就可举个例外：如果一个男人被女人打惨了，正当防卫一下，就不算人渣。

暴力的出现，它唯一的好处就是证明两人的关系很痛苦，提示双方考虑分手。你们俩证明了：你被打不开心，而他也“失眠好几个月”，同归于尽的心都有了——没有任何爱情追求这种痛苦的最大化，这是反人性的。你给自己找的理由害怕“一个人的孤独寂寞”，所以痛苦也要选择两个人继续，这算是你最理性的理由了，不过它仍然不成立，我想，没有比被自己爱的人揍更“孤独寂寞”吧，孤独寂寞往往和人数无关。

即使把上面的道理说完了，我对你的爱情也很悲观，因为你什么也不想做，甚至连茶壶都不愿举起来，那么被揍就难免了，除非揍你的男人主动离开，你才有救，可是据你说，只要你愿意，你们又可重新开始，这条路也堵死了。

逃离这层关系，你最现实的方案是来一个“各方面比他优秀的人追求”你，用的仍然是被动语态，我能给的建议就是你要变成主动语态“我要去追求一个各方面比他优秀的人”——写下这句，我都可以想象你的反应：我主动去追就追得到吗？

如果你的反应真是如此，我当然不会气得揍你，我还有一条你一定做得到的建议：随身带点跌打损伤良药（提醒一下，这需要你主动走到药店买，他们不会主动送给你），这样被打后的第一时间，你至少有药，可以减轻一点身体的痛苦。

祝开心。

连岳

2012年12月21日

勇敢的基因

连岳：

你好！

我今年33岁，真不知以前的岁月里是如何稀里糊涂长大的：小时候一直万分庆幸自己是个中国人，没有出生在世界其他正处于“水深火热”的国家中，学赖宁时，天天盼着学校的工厂能着火，然后去英勇救火，重要的是着火后能接连放假好几天。最终在多年以后，端起一盆水浇灭了去吃饭的小吃部里刚燃起的不大的火苗，事后仍全身不由自主地颤抖，才想到如果当时小学校工厂真的起火的话，我奋不顾身地救火后，未必能有命再享受放假的好日子了。直到过了30岁以后，经历了一些大大小小的波折和创伤，才体会到穷人之所以穷并不完全是因为不勤奋不努力、成功学是一剂毒药、人人生而平等、生而自由的普世价值……之前的人生就像是生活在一个大的骗局之中，连岳，我是不是被启蒙得太晚了？我更多地去关注弱势群体，为他们愤怒、为他们流泪，更会为邓玉娇式的人物最终被解救而感到欣慰，但更多地却是陷入深深的绝望之中……

我和老公同岁，来到北京已经 5 年了，从开始月薪一千多到现在两人加一起一万左右，被拖欠工资时，我们甚至曾摆摊卖过烧烤、做兼职促销员等贴补家用，虽然我们都出自普普通通的工薪家庭，但从来没做过这些，也没敢告诉父母，怕他们心疼。我们一点一点地努力不觉得有多苦，我们以为生活会越来越好，虽然买不起房子但租房也很好，然后再生个宝宝，我们非常喜欢孩子，很想有个自己的宝宝，可是，可是啊可是，假疫苗、毒牛奶、地沟油、毒大米、楼脆脆……我们拿什么来保护孩子！我们怎能有辨别真假的火眼金睛！我们怎样才能让孩子去避免更多的人祸？还有那被越来越多人嗤之以鼻的洗脑教育，我们没有足够多的学识去很好地引导孩子什么才是正确的，面对这些我们是这样地无能为力！我知道我们每个人一点一滴的努力、坚持，最终会推动社会的进步、改变这个社会，但是我不知道当有一天这些人为的灾难发生在我和亲人的身上时，当他们以威胁亲友等卑鄙的手段向我施压时，我最终会坚持多少、坚持到哪里？我知道自己还是懦弱的，我想逃出去。

老公的朋友前年去澳大利亚打工，虽说辛苦

些，但据说现在每月差不多能赚 2 万左右，我们倒没有特别想为赚钱而出国打工，只是想如果能辛苦些，最终拿到绿卡，然后再生个宝宝，给他一个相对安全、公平的生活环境就好了，不想让他在这片土地上再重复我们痛苦的人生。但出国打工也要付一大笔费用，还要跟亲友借一些，所以只能是一个人先去，老公是个 IT 民工，辛苦些但比较稳定，而如果我先去的话，老公又有些担心和心疼，我也怕这样两地分开时间长了会影响婚姻的质量，所以我们想到在二、三线城市贷款买个房子然后再伺机卖出去，赚一部分钱，尽量两个人一起办理出国打工，但首付也需要再借一些，而且房价万一跌了的话我们就更得不偿失了，并且虽然房产经济方面我不太懂行，但我觉得这种行为可能算是炒房吧，现在普通老百姓已深受房价之高所害，我们不能改变但也不能助纣为虐啊，就像老罗所说的可以使世界变得美好一点点（有点儿自以为是哈）。所以现在我们非常地迷茫，年龄越来越大，无论对于出国打工还是生孩子都将越来越难，到底是应该一个人先出国打工呢，还是继续这无望的生活？

这是我人生中的第一封向陌生人求助的信，从小时候的知心姐姐到现在越来越多的心理类信箱，我从来没想过去寻求帮助，无论什么困难总相信自己一定能解决，但现在面临着人生岔路口的选择，我没能完全看懂，不知该何去何从，真心期盼着你能给我一些建议，谢谢！

静候佳音。

向往春天的鸟儿

向往春天的鸟儿:

说到移民，想到有关福建的几件事，当然纯属事实描述，与地域无关，再加上我自己就是福建人，可能但说无妨吧。

福建除了走私的赖昌星无人不知以外，福清一带的偷渡我觉得更值得研究，中国人安土重迁，不太愿意改变，福清一带的民风却反其道而行之，即使在本地的生活并不艰难，也愿意冒着生命危险横跨太平洋偷渡到美国。我听过的一个极端的例子是这样的：有个年轻人，有了数百万身家，却也欣欣然藏身于偷渡船向着北美这个梦想中的国度进发，最后没有成功，被美国人截住了，事后有人问他：你这么有钱了，为何不光明正大地移民呢？他如梦初醒：原来还有别的方法到美国啊？！——这个故事极有可能是虚构的，用以说明“福清人”(为叙述方便，请允许我用集合名词)视偷渡为理所当然，及其“无知的勇气”。

在早先国家界限不明显时，人类本来就是这么简单的：想去什么地方，你就去吧，如果不怕丢掉性命，则地球上任何一个点都是你的目标，你是标准的自由人。现在国家的界限清晰，可人们仍然可以延续传统的勇敢生活——只不过身份是“偷渡者”罢了。

在南太平洋的一些岛屿上，早先曾经生活过精于航海的人种，据调查，他们生活的岛屿上并没出现资源耗尽、内部冲突等危急情况，可他们生活几百年后，却会听从天性，放弃当下的生活，扬帆驶向未知的大海深处——我怀疑，有些人后来到了福清。叙述到这里，图穷匕见，我承认感情上站在了偷渡者这边。我也明白了几年前小布什总统想下狠心驱逐美国国内的非法移民时，美国人在各地的示威反对——美国人可能天然对勇敢者更有好感，毕竟，他们的祖先就是这样的人。

以上论述不意味着我支持你移民。我只是想说，世界永远是勇敢者的世界，或者换个说法，那些人，最终过上了自己想要的生活，他们的性格中，必定不能缺少勇敢这个因素。爱情更是如此：要做决定、要面对未知、要承担失败的风险、要有办法说出：我爱你！

从你的邮件来看，你是一个勇敢者，能不停地改变自己，不怕适应新环境，五年前，月薪一千多能在北京站住脚，那还有什么值得你害怕的？这社会有各种各样的问题，有层出不穷的洗脑术，可仍然挡不住正常人越来越多。不要太过害怕，知道真相不是为了害怕。

勇敢者可能不害怕孤身挺进，这点在爱情上是缺陷，爱需要两个人的亲密关系，只有尽可能在一起，爱情才会持续生长，让相爱的人做决定，“长期分离两地”这种选项是必然要打个红色叉叉的。

P.S. 炒房不是助纣为虐，买卖房子跟买卖其他商品一样，是正当的行为，高房价不是炒房者的罪过。当然，这句话不能成为你买卖房子的投资指南。炒房也会亏的。

祝开心。

连岳

胭+砚
project

图书在版编目（CIP）数据

我爱问连岳.5 / 连岳著. -- 上海：东方出版中心，2020.2
（胭砚计划）
ISBN 978-7-5473-1574-3

Ⅰ.①我… Ⅱ.①连… Ⅲ.①随笔－作品集－中国－当代 Ⅳ.①I267.1

中国版本图书馆CIP数据核字(2019)第256737号

我爱问连岳5

著　　者　连　岳
统筹策划　彭毅文
责任编辑　肖　月
装帧设计　张　琪

出版发行：东方出版中心
地　　址：上海市仙霞路345号
邮政编码：200336
电　　话：021-62417400
印 刷 者：上海盛通时代印刷有限公司

开　　本：890mm×1240mm 1/32
印　　张：11.375
字　　数：208千字
版　　次：2020年2月第1版
印　　次：2020年2月第1次印刷
定　　价：49.00元

胭+砚
project

胭砚计划（按出版时间顺序）：

《天命与剑：帝制时代的合法性焦虑》，张明扬著

《送你一颗子弹》，刘瑜著

《暴走军国：近代日本的战争记忆》，沙青青著

《一茶，猫与四季》，小林一茶著

《摩登中华：从帝国到民国》，贾葭著

《说吧，医生1》，吕洛衿著

《说吧，医生2》，吕洛衿著

《我爱问连岳6》，连岳著

《国家根本与皇帝世仆——清代旗人的法律地位》，鹿智钧著

《父母等恩：〈孝慈录〉与明代母服的理念及其实践》，萧琪著

《故事新编》，刘以鬯著

《下周很重要》，连岳著

《亲爱的老爱尔兰》，邱方哲著

《诗人的迟缓》，范晔著

《群山自黄金》，莱奥波尔多·卢贡内斯著

《我爱问连岳1》，连岳著

《我爱问连岳2》，连岳著

《我爱问连岳3》，连岳著

《我爱问连岳4》，连岳著

《我爱问连岳5》，连岳著